我的第一本
韓語課本

Kelly 陳薪如

B06401072

KOREAN
made easy!

前　言

이 책은 제2언어로서 한국어를 처음 공부하고자 하는 외국인과 해외 동포들이 한국어를 혼자 학습하는 데 도움을 주기 위해 기획되었다. 기존의 한국어 학습서들은 대학 내의 교육기관 프로그램을 반영하여 제작되었기 때문에 학습자 스스로 학습하는 데 어려움이 많았다. 그리고 그 밖의 한국어 학습서들도 문법 설명이 길게 나열되어 있거나 여행과 같이 한정된 상황에서 쓰이는 대화를 위주로 제작되었기 때문에, 교사 없이 한국어를 학습하고자 하는 외국인이 흥미를 갖고 접근하기 어려웠다.

이에, 한국어 학습에 관심 있는 학습자가 좀더 쉽고 재미있게 한국어를 학습하고 실제 생활에서도 한국어를 최대한 활용할 수 있도록, 가능한 한 많은 정보들을 담아 보고자 하였다. 그래서 이 책에서는 그림이나 도표와 같은 시각적인 자료를 적극적으로 활용하여 학습자의 맥락 형성을 용이하게 하였고, 대화 아래에 도움말이나 실용표현, 부록을 통해 학습자가 혼자 공부할 때 부족하게 느끼는 부분을 참조할 수 있게 하였다.

한국어를 공부하고자 의욕적으로 도전하는 많은 외국인들과 해외 동포들에게, 한국어가 좀더 살아 숨 쉬는 언어로 다가가는 데 이 책이 도움이 되기를 바랄 뿐이다.

이 책을 집필하는 데 많은 이들의 도움을 받았는데, 이 자리를 빌려 감사의 말씀을 전하고 싶다. 이 책의 큰 틀을 잡고 방향을 설정하는 데 도움을 주신 김성희 선생님과 세부적인 내용을 꼼꼼하게 지적해 주신 동료 김은정 선생님과 오승민 선생님.

그 밖에도 많은 이들의 도움으로 책이 마무리되었다. 문법과 발음은 Stephanie Speirs, 한글의 발음 부분은 Bonnie Tilland, 문화 소개는 Esther Cho 가 교정을 해 주었다.

마지막으로, 딸의 원고 작업을 묵묵히 지켜봐 주셨던 어머니와 병중에서도 좋은 책을 기원하셨던 지금은 고인이 되신 아버님께 감사드리고 싶다.

오승은

為了幫助外國人學習韓文，我們為初學者量身打造了這本教材。目前市面上雖然有不少韓文教材，但大多數是為了在大學裡的韓文課程中使用而編寫的，並不適合用於個人自學。而其他教材，有的文字說明複雜冗長，有的只提供旅行中使用的有限短句，很難讓讀者在沒有老師輔導的情況下仍然保持學習韓文的興趣。

為了讓學習韓文變得更容易、更有趣，並且讓讀者掌握最貼切、實用的韓國文法、詞彙和表達方式，我在這本書中盡可能地加入各式各樣的資訊，書中的內容講解、圖表輔助說明務求讓人一目瞭然，所補充的會話便利貼、實用短句、以及本書最後的附錄可供自學的學生參考。

對於願意接受學習韓文挑戰的外國人而言，我謹希望這本書能讓你們更貼近鮮活生動的韓文。

本書編寫過程中，我得到了許多人的幫助，在此一併表示感謝：金成熙老師為本書的架構訂定了方向；金垠廷和吳承珉老師仔細檢查了書的細節。

在許多審訂人員的努力之下才能完成此書，感謝 Stephanie Speirs 在文法和發音方面的校正，Bonnie Tilland 在韓文字母發音方面的工作，Esther cho 對「韓國文化大不同」單元的盡心盡力。

最後我要感謝我的母親對我的默默支持，以及我已故的父親，他在病中仍然為我的工作不斷祈禱。

吳承恩

韓文字母

本書一開始先用一段引言和四個章節來介紹韓文字母，為了易於學習和閱讀，依據其獨特的發音特點把子音和母音做分組歸類。

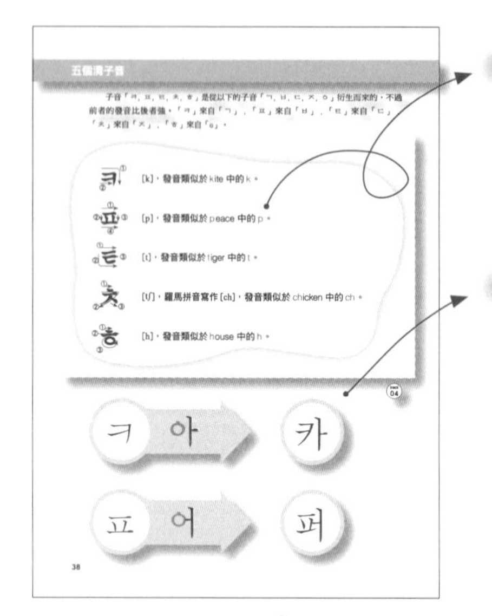

子音「ㅋ, ㅍ, ㅌ, ㅊ, ㅎ」是從以下的子音「ㄱ, ㅂ, ㄷ, ㅈ, ㅇ」衍生而來的，不過前者的發音比後者強。「ㅋ」來自「ㄱ」，「ㅍ」來自「ㅂ」，「ㅌ」來自「ㄷ」，「ㅊ」來自「ㅈ」，「ㅎ」來自「ㅇ」。

ㅋ [k]，發音類似於 kite 中的 k。

ㅍ [p]，發音類似於 peace 中的 p。

ㅌ [t]，發音類似於 tiger 中的 t。

ㅊ [tʃ]，羅馬拼音寫作 [ch]，發音類似於 chicken 中的 ch。

ㅎ [h]，發音類似於 house 中的 h。

ㅋ 아 → 카

ㅍ 어 → 퍼

38

韓文字母發音

詳細說明書寫韓文的方法、每個子音和母音的發音，以及和這些韓文相近的英語發音。

聽 mp3 學發音

左邊圓圈裡面的字母是要學習的重點，箭頭裡是已經學習過的字母，這樣兩個字母放在一起後，右邊圓圈裡就形成了新的字母。聽 mp3 發音時，會先發箭頭內的字母部分，之後再發出配對後的部分（右邊圓圈）。每組會各發音一次。

노래 노래 歌

아내 아내 妻子

看圖學單字

在該課裡學習到的每個字母會在這裡組合起來，形成不同的辭彙。這個單元用插圖來輔助說明該詞彙，從 mp3 中你可以聽到每個單字朗誦兩遍。

聽mp3，學習以下的韓文如何發音。

억 엌 압 앞

난 낱 낫 낯

42

區別相似字

有些學習者難以區分發音相似的字母，這個部分提供了一些範例讓讀者練習。mp3 中每個字母會朗誦一遍。

正　文　這本書的主要部分共有不同主題的 20 課，每課都有對話、字彙、文法解說、練習題與有趣的韓國文化介紹。

▶ **關鍵句型和文法**：這個部分講解本課的文法重點。

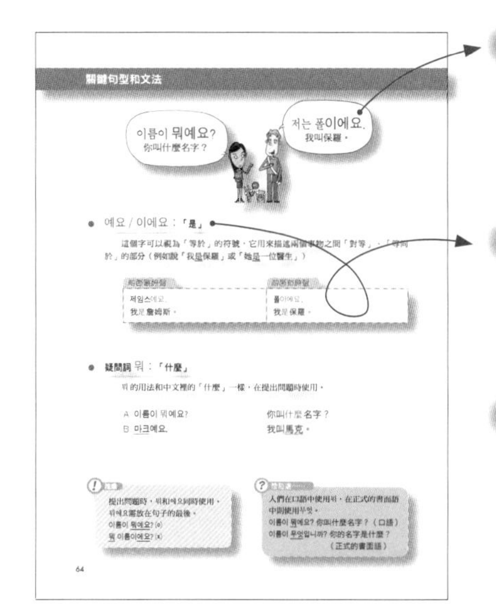

本課主題

每一課的目的都會先在一幅圖中表現出來，圖中有許多短句，並且為學生提供了將這些句型活用在不同句子中的適當方式和狀況。

文法重點

用簡單的表格、圖形與範例解釋文法重點。

注意！

這一部分用來提醒特別容易出錯的地方。

想知道…

這一部分加強說明較難懂的概念和特殊的用法。

▶ **對話**：引出本課的主題和主要文法重點。mp3 中會朗誦一遍對話。

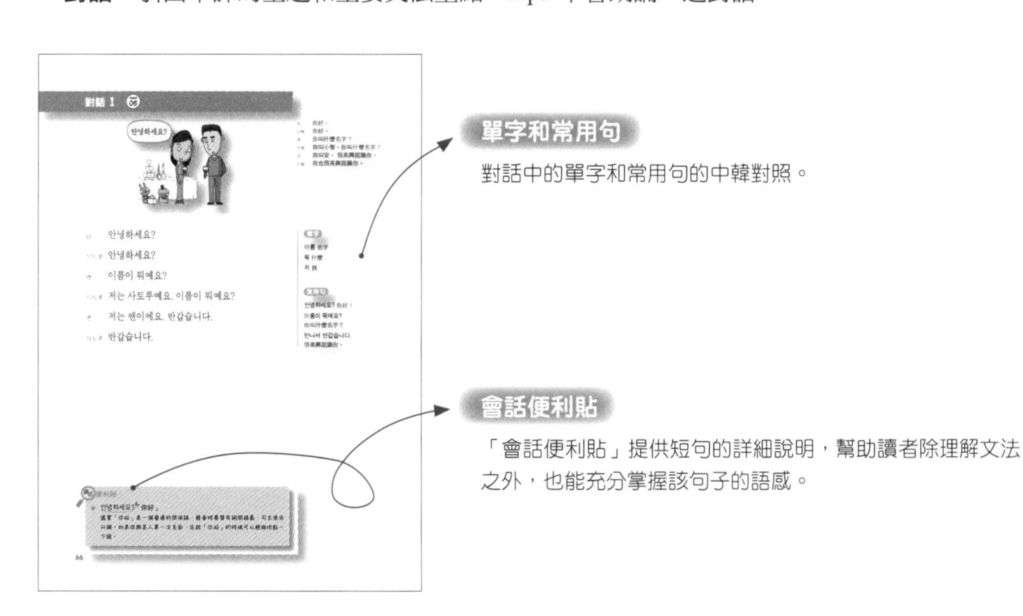

單字和常用句

對話中的單字和常用句的中韓對照。

會話便利貼

「會話便利貼」提供短句的詳細說明，幫助讀者除理解文法之外，也能充分掌握該句子的語感。

發音 08

책상 → [책쌍]

當終聲ㄱ, ㄷ, ㅂ後面緊跟著初聲ㄱ, ㄷ, ㅂ, ㅅ, ㅈ的時候，初聲的相應發音是[ㄲ, ㄸ, ㅃ, ㅆ, ㅉ]

(1) ㄱ → [ㄲ]　숟가락 [숟까락]
(2) ㄷ → [ㄸ]　먹다 [먹따]
(3) ㅂ → [ㅃ]　어젯밤 [어젣빰]
(4) ㅅ → [ㅆ]　통역사 [통역싸]
(5) ㅈ → [ㅉ]　걱정 [걱쩡]

單字補充

1 열쇠　鑰匙
2 휴지　衛生紙
3 핸드폰　手機
4 시계　手錶
5 안경　眼鏡
6 여권　護照
7 우산　雨傘
8 칫솔　牙刷
9 치약　牙膏
10 거울　鏡子
11 빗　梳子
12 돈　錢
13 운전면허증　駕駛執照
14 사진　照片
15 명함　名片
16 외국인등록증　外國人登錄證

88

發音

對話中的詞彙可能包括有較難掌握的發音，這個部分會介紹其發音原則，請跟著 mp3 一起練習。

單字補充

補充與本課主題相關、或生活中常用到的單字，圖文對照。

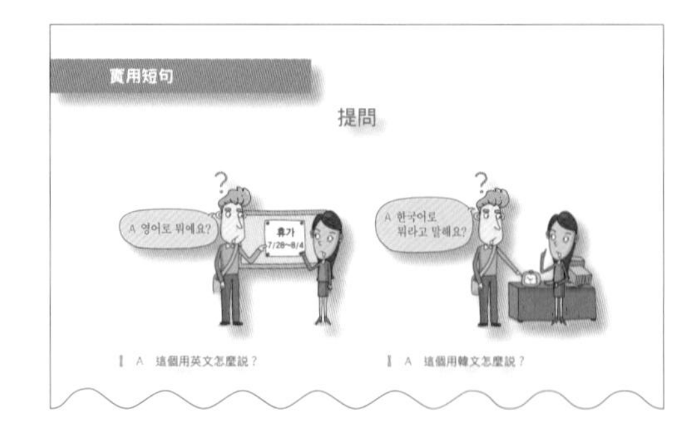

實用短句

提問

A　這個用英文怎麼說？

A　這個用韓文怎麼說？

實用短句

這一部分包含了和本課主題相關的短句，儘管這些短句可能會涉及到陌生的文法，但都是日常生活中十分頻繁使用的用法。為了幫助讀者學習，也特地加上插圖說明這些短句。

自我小測驗

文法

• 參考例句，改寫以下的日期。（1～2）

Ex.　3월 25일 → 삼 월 이십오 일

1　8월 14일 → ____________　2　10월 3일 → ____________

• 閱讀以下的對話後，選出和下列回答搭配的問句。（3～5）

自我小測驗

由三個小部分組成：文法、聽力和閱讀。聽力和閱讀中的問題是依據 KLPT（Korean Language Proficiency Test 韓國語能力檢定考試）專門設計的，讀者能夠在完成每一課的學習後進行自我測試。

目錄

教材結構

章	內容提要	
韓文字母介紹	韓文簡介與如何書寫韓文	
韓文字母 I	■六個基本母音：ㅏ, ㅓ, ㅗ, ㅜ, ㅡ, ㅣ	■五個基本子音：ㄱ, ㄴ, ㅁ, ㅅ, ㅇ
韓文字母 II	■四個和[y]結合的複合母音：ㅑ, ㅕ, ㅛ, ㅠ	■四個子音：ㄷ, ㄹ, ㅂ, ㅈ
韓文字母 III	■四個複合母音：ㅐ, ㅔ, ㅒ, ㅖ	■五個清子音：ㅋ, ㅌ, ㅍ, ㅊ, ㅎ
韓文字母 IV	■七個複合母音：ㅘ, ㅝ, ㅙ, ㅞ, ㅚ, ㅟ, ㅢ	■五個雙子音：ㄲ, ㅃ, ㄸ, ㅆ, ㅉ

課	主題	題目	文法	
1	問候語	안녕하세요? 저는 폴이에요. 你好，我是保羅。	■예요/이에요 ■主題助詞은/는	■疑問詞뭐和어느 ■國家和國籍
2	工作	아니요, 회사원이에요. 不，我是上班族。	■네/아니요 ■提出問題	■省略主詞的句子 ■語言
3	對象	이게 뭐예요? 這是什麼？	■이/그/저 ■主格助詞이/가	■疑問詞무슨和누구 ■所有格
4	地點	화장실이 어디에 있어요? 洗手間在哪裡？	■있어요/없어요 ■疑問詞어디	■表示地點的助詞에 ■地點、場所
5	關係	한국 친구 있어요? 你有韓國朋友嗎？	■있어요/없어요 ■量詞	■純韓文數字 ■疑問詞몇
6	電話號碼	전화번호가 몇 번이에요? 你的電話號碼是幾號？	■漢字音數字 ■疑問詞몇 번 ■漢字音數字的唸法	■電話號碼的唸法 ■이/가 아니에요
7	生日	생일이 며칠이에요? 你的生日是哪天？	■日期的唸法 ■요일	■疑問詞언제和며칠 ■表示時間的助詞에
8	日常生活	보통 아침 8시 30분에 회사에 가요. 我通常早上八點半去上班。	■時間的表達方式 ■表示地點的助詞에	■疑問詞몇 시和몇 시에 ■表示時間的助詞~부터~까지
9	交通	집에 지하철로 가요. 我搭地鐵回家。	■期間 ■疑問詞얼마나和어떻게	■表示地點的助詞~에서~까지 ■表示交通方式的助詞(으)로
10	買東西	전부 얼마예요? 總共多少錢？	■價格的唸法 ■주세요	■疑問詞얼마 ■하고
11	一天的工作	어디에서 저녁 식사 해요? 你在哪裡用晚餐？	■動詞하다 ■頻率	■表示地點的助詞에서 ■助詞하고
12	愛好	매주 일요일에 영화를 봐요. 我每個週日會去看電影。	■動詞的現在式아/어요 ■提出建議	■受格助詞을/를 ■（名詞）은/는 어때요?
13	健康狀況	머리가 아파요. 頭痛。	■狀態動詞的現在式 ■助詞도	■否定形式안
14	旅行	지난주에 제주도에 여행 갔어요. 上週我去了濟州島旅行。	■았/었어요 ■最高級제일	■助詞동안 ■比較級더
15	計畫	내일 한국 음식을 만들 거예요. 明天我要做韓國菜。	■(으)ㄹ 거예요	■否定形式못
16	約會	같이 영화 보러 갈 수 있어요? 可以一起去看電影嗎？	■(으)ㄹ 수 있다/없다 ■(으)ㄹ게요	■(으)러 가다/오다
17	幫忙	미안하지만, 다시 한 번 말해 주세요. 不好意思，請再說一遍。	■아/어 주세요	■(이)요?
18	推薦	저도 한국어를 배우고 싶어요. 我也想學韓文。	■고 싶다 ■아/어 보다	■지 않아요?
19	搭計程車	그 다음에 오른쪽으로 가세요. 然後請向右轉。	■命令形(으)세요 ■(스)ㅂ니다	■疑問句的省略
20	預定	성함이 어떻게 되세요? 請問您的大名是？	■敬語	

內容提要	
■ 九個終聲：ㄱ, ㄴ, ㄹ, ㅁ, ㅂ, ㅇ, ㄷ, ㅅ, ㅈ	
■ 五個終聲：ㅋ, ㅌ, ㅍ, ㅊ, ㅎ	
■ 兩個終聲：ㄲ, ㅆ	■ 複合子音：ㄵ, ㄶ, ㄼ, ㅄ, ㄺ, ㄻ

	情境1	情境2	情境
	詢問名字	詢問國籍	不要說「你」！
	猜猜他的職業	詢問某人的職業	不同情境使用不同語言
	詢問東西的名稱	詢問那是誰的東西	韓國人喜歡說우리
	詢問方位	電話詢問找到某人家的方法	首爾的景色
	詢問一位朋友的交友狀況	詢問某人的家庭狀況	家族稱號
	詢問某人的電話號碼	詢問並確認電話號碼	計算年齡
	邀請某人參加生日宴會	祝賀某人生日快樂	韓國的生日宴會
	談工作	談學校	韓國的問候語
	詢問做某事要多長時間	詢問交通方式	首爾的公共交通
	點餐	買火車票	不成文的付帳規定
	談日常工作	談頻率	用雙手表達尊重
	談嗜好（看韓國電影）	談嗜好（韓國美食）	「韓流」
	詢問朋友的健康狀況	聽別人的症狀	常用的回答：괜찮아요
	詢問某人的出遊	談風景	有趣的景象
	制定計畫	談計畫	送禮物
	建議一些活動	拒絕別人的提議	謙虛是美德嗎？
	電話確認約會的位置	請打電話的人稍等	第一次和某人說話
	建議別人學韓文	推薦一家購物中心	關愛的文化
	搭計程車	指引方向	什麼時候適合用正式語言（敬語）？
	電話預定餐廳	透過電話預定飯店	特殊節日的食物

韓文字母介紹

韓文簡介

西元1443 年，朝鮮王朝四代國王世宗召集了一批學者來創造韓文文字，也就是今天使用的韓文。直到那時，韓文口語才加入了中國古典字元形成了韓文。韓文文字有一個清楚的書寫體系，其原因如下：儘管韓文文字由字母組成，實際上並不像英文是一個字母接著一個字母的書寫，而是按音節拼寫。母音和子音的形狀象徵著文字的性質，以及發出每個音的動作過程。韓文文字最大的特點，就是任何人學起來都很容易，不相信嗎？韓文中也有一句和中文類似的諺語「시작이 반이다 開始就是成功的一半」。現在讓我們開始學吧！

韓文中的母音

韓文中的母音象徵著各種自然現象，母音是由以下這些成分組成的：「・」（代表上天／天空），「ㅡ」（代表土地／大地）「ㅣ」（代表人）。例如，「ㅣ」和右邊的「・」組成了「ㅏ」。

目前，韓文中共有 21 個母音。

韓文中的子音

子音「ㄱ, ㄴ, ㅁ, ㅅ, ㅇ」是韓文語系中的基本子音，在發出這些子音時，每個子音的形狀描繪出了舌頭／嘴唇／喉嚨／等發音器官的位置。例如，子音「ㄴ」發音時舌頭輕輕抵住上顎，這個子音的形狀就描繪出了發音時舌頭的形狀。

目前，韓文中共有 19 個子音。

如何組成音節？

在韓文中，每個音節必須包含一個母音，因此可以這樣說，每個音節是圍繞一個母音而組成的，其中這個母音可以和一個或兩個子音結合。

接下來讓我們來看看組成音節的方法吧，V 代表母音（Vowel），C 代表子音（Consonant）。

1 **母音獨自組成音節（沒有子音）：**

包括兩種母音：垂直母音（書寫時母音位在右邊），和水平母音（書寫時母音位在下面）。

V	아	우

2 **一個子音和一個母音同時出現，子音先發音：**

CV	나	누

3 **一個母音和一個子音同時出現，子音後發音：**

書寫在下方的子音叫做終聲（韓文唸：batchim），以便和初聲相區分。

V C	안	운

4 **一個母音位於兩個子音中間：**

要注意，儘管多數情況下，音節中只有一個終聲，但偶爾會有兩個終聲出現：

CV C	난	눈	밖	닭

如何書寫韓文？

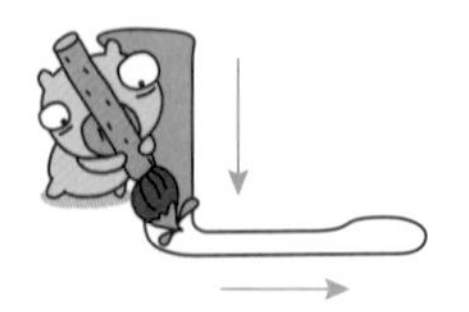

書寫韓文音節時，應該遵循兩個原則：第一，從左到右書寫；第二，從上到下書寫。

英語單字在韓文中如何發音？

在現代韓文中有許多英文的外來語，因此了解韓文中英語單字的書寫有助於這些外來語的學習。

韓文發音的一個通則是：每個子音都需要一個發音的母音以共同組成一個音節。沒有母音的幫助，一個子音不能獨立形成一個音節。

韓文中英語單字的書寫與發音也不例外，例如：「love」，其中母音「o」和子音「l」、母音「e」和子音「v」一起組成兩個音節，韓文發音就是雙音節「러－브」。

可是，像「skirt」這樣的單字，英語中只有一個母音「i」和子音「s, k, r, t」共同組成，韓文中必須把它分成多個音節發音「스－커－트」三個音節來發音。

在下面的四個章節中（韓文字母 I～韓文字母 IV），我們將具體地介紹韓文中的子音和母音，以及它們如何結合在一起構成音節。

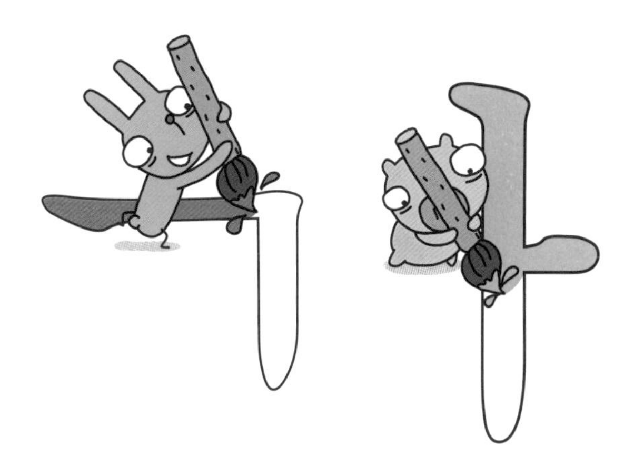

韓文字母 I

- 六個基本母音 ㅏ ㅓ ㅗ ㅜ ㅡ ㅣ
- 五個基本子音 ㄱ ㄴ ㅁ ㅅ ㅇ

六個基本母音

以下是六個基本母音：

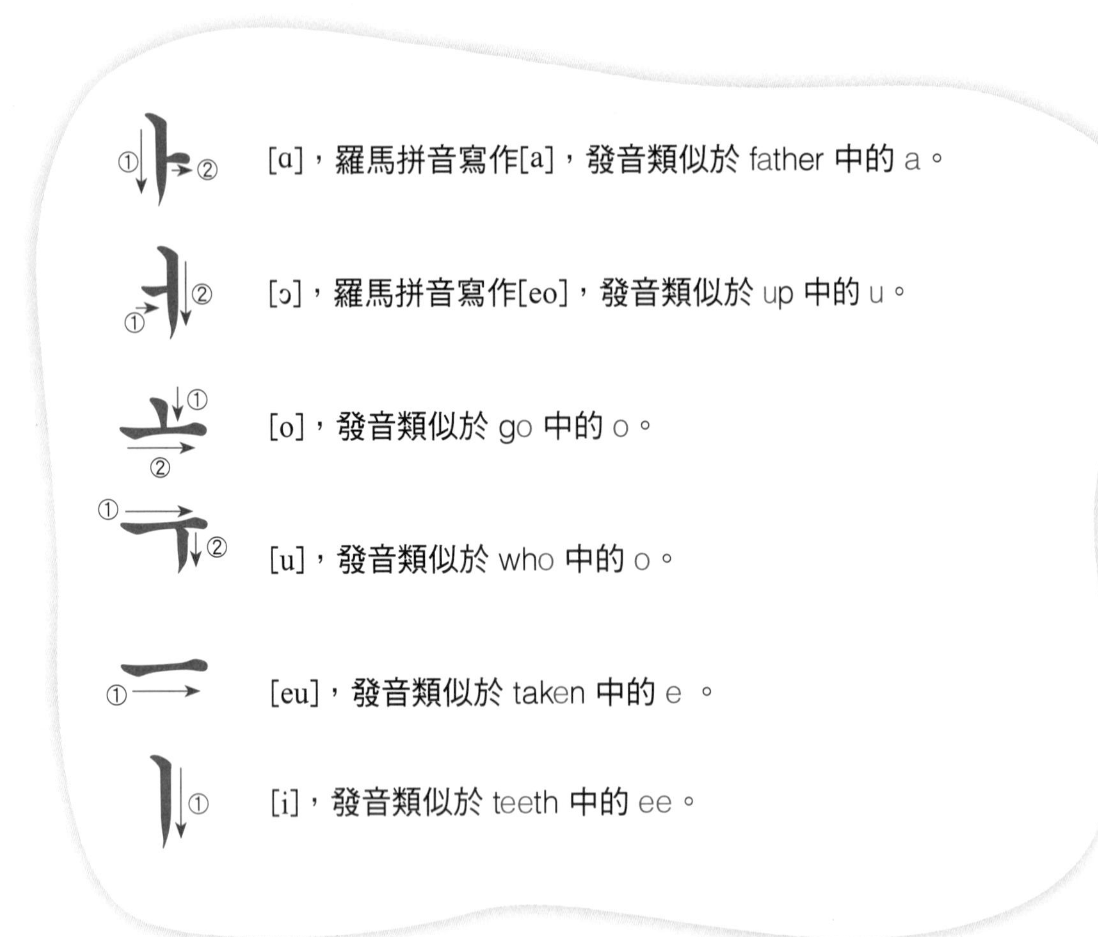

不發音的「ㅇ」

韓文中，音節可以僅僅由一個母音（沒有子音）組成，可是為了書寫音節時的方便，需要在母音前面加上不發音的「ㅇ」，以替代缺少的子音。「ㅇ」的作用就類似英文中有時並不發音的字母「y」，像「year」這個字，「y」就是不發音的。

垂直母音和水平母音

由基本形符「ㅣ」衍生而來的 「ㅏ, ㅓ, ㅣ」這樣的母音叫做垂直母音，由「ㅡ」衍生而來的（即「ㅗ, ㅜ, ㅡ」）母音叫做水平母音。母音和子音或不發音的「ㅇ」組合在一起時，垂直母音放在初聲（或不發音「ㅇ」）的右邊，水平母音則放在下面。

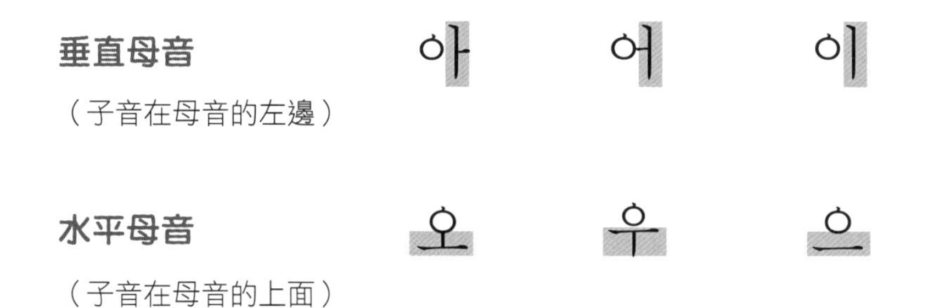

嘴唇張開的程度和舌頭的位置可以區分不同母音的發音。請看下圖並且模仿一下。

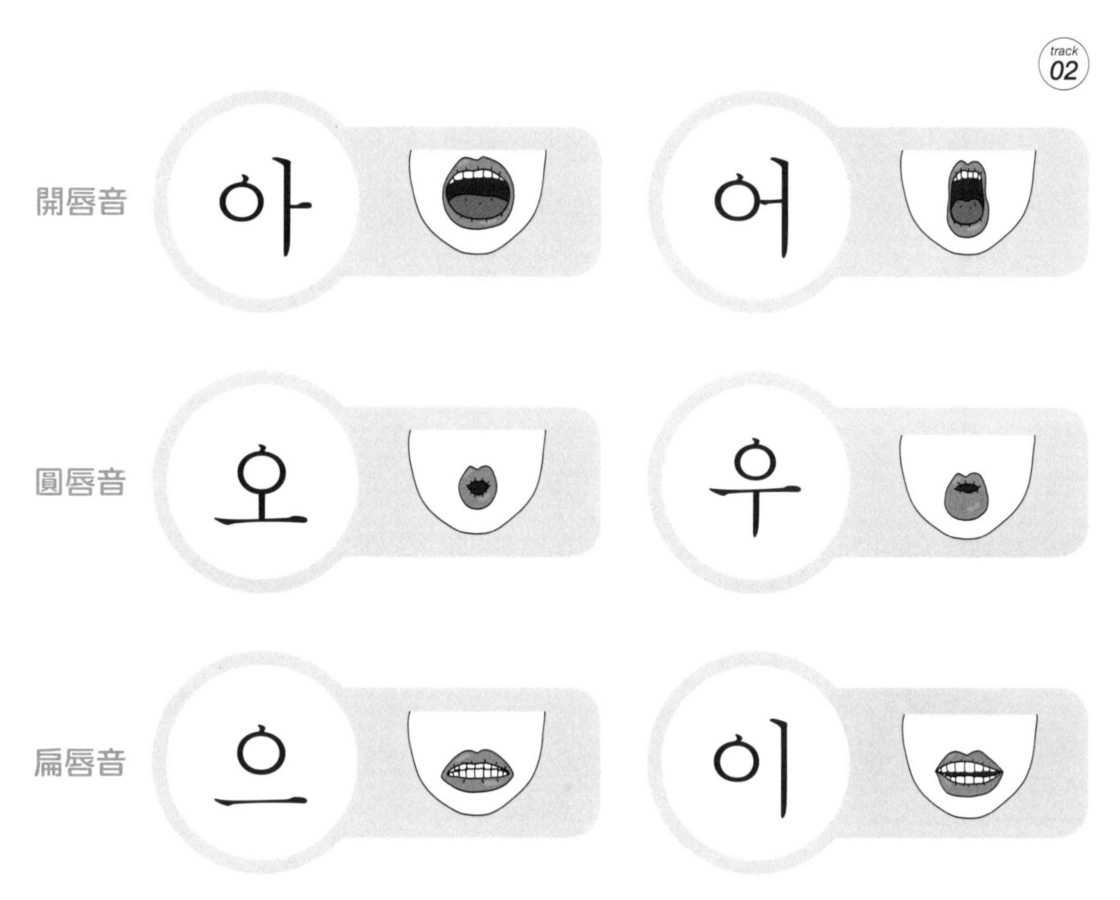

track 02
이
牙齒
이
二
오
五
아이
小孩
오이
黃瓜

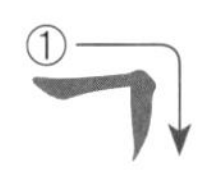

[k]，發音類似於 pick 中的 k，或 good 中的 g。

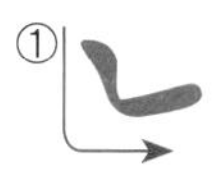

[n]，發音類似於 no 中的 n。

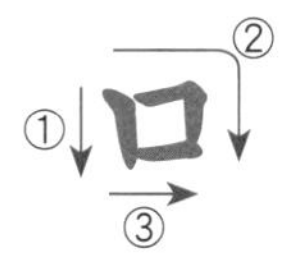

[m]，發音類似於 mom 中的 m。

[s]，發音類似於 sad 中的 s，或 sheet 中 sh。

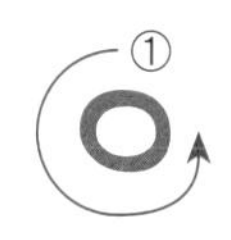

羅馬拼音寫作[Ø]，不發音。

子音發音

之前提到，基本子音的形狀模仿了發音器官（舌頭、嘴唇、喉嚨）在發這個子音時的形狀。

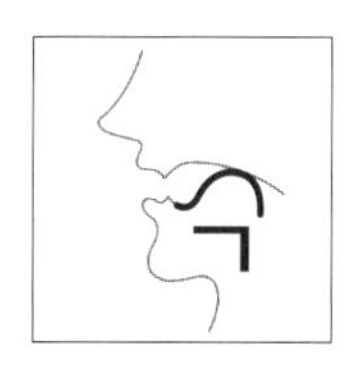

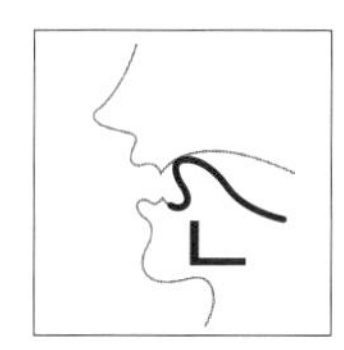

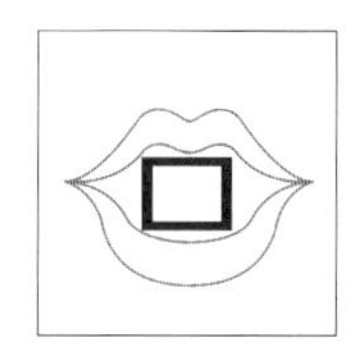

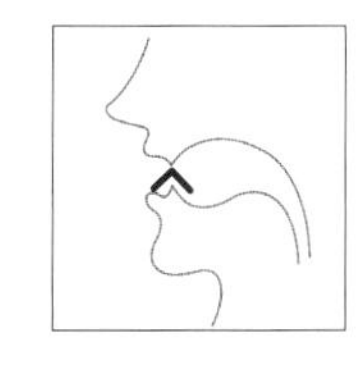

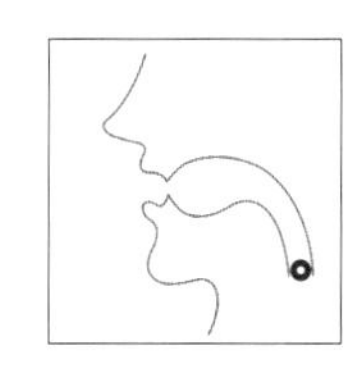

「ㄱ」（[k] 或 [g]）的形狀模仿了這個子音發音時舌頭的位置。

「ㄴ」（[n]）的形狀模仿了這個子音發音時舌頭的位置。

「ㅁ」（[m]）的形狀模仿了這個子音發音時張開的嘴唇。

「ㅅ」（[s] 或 [sh]）的形狀模仿了這個子音發音時空氣流過的位置。

「ㅇ」的形狀模仿了這個子音發音時喉嚨打開的形狀。

子音和母音組合在一起時，用一個子音代替不發音的「ㅇ」。

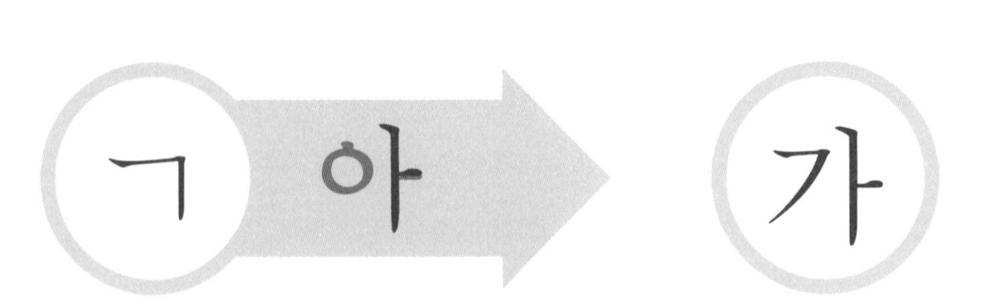

當「ㄱ」和一個水平母音組合時，字元的形狀就像一個右角。（例如고, 구, 그）
當「ㄱ」和一個垂直母音組合時，字元下方的形狀會稍稍彎曲。（例如가, 거, 기）

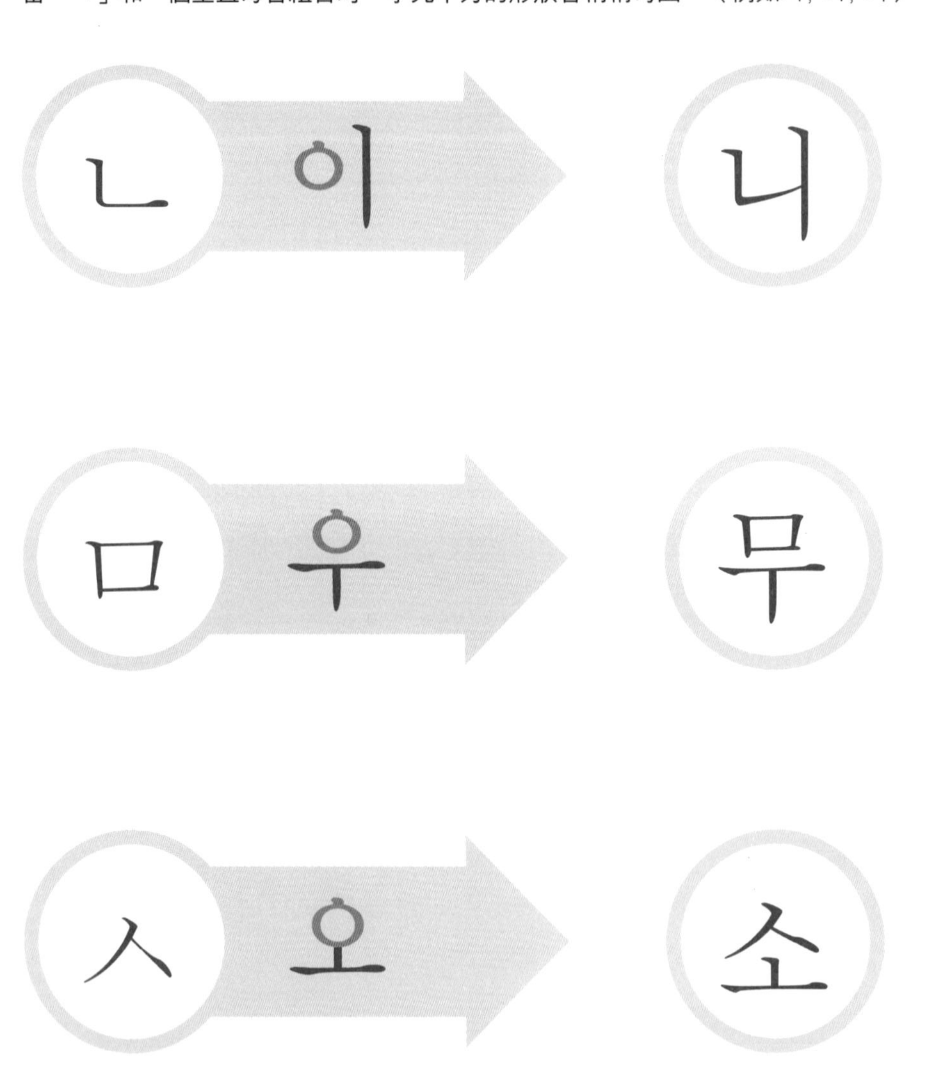

當「ㅅ」和母音「ㅣ, ㅑ, ㅕ, ㅛ, ㅠ」組合時，ㅅ的發音類似於 [ʃ]。

나무

나무

나무

樹

고기

고기

고기

肉

소

소

소

牛

나이

나이

나이

年齡

어머니

어머니

어머니

媽媽

가수

가수

가수

歌手

練習題 track 02

▸ 聽錄音，如果回答正確打〇，如果回答錯誤打×。（1～3）

1	2	3
어	그	노
(　　)	(　　)	(　　)

▸ 聽錄音，選出正確的答案。（4～6）

4 ⓐ 머리　ⓑ 모리

5 ⓐ 거기　ⓑ 고기

6 ⓐ 나무　ⓑ 너무

▸ 聽錄音，選出正確的答案。（7～10）

7 ⓐ 아　ⓑ 어　ⓒ 오　ⓓ 우

8 ⓐ 나　ⓑ 너　ⓒ 노　ⓓ 누

9 ⓐ 모　ⓑ 머　ⓒ 므　ⓓ 미

10 ⓐ 소　ⓑ 서　ⓒ 스　ⓓ 시

▸ 聽錄音，填入正確的音節。（11～14）

11 | 나 | 이 |

12 | 소 |

13 | 가 | 수 |

14 | 나 | 무 |

解答 p.275

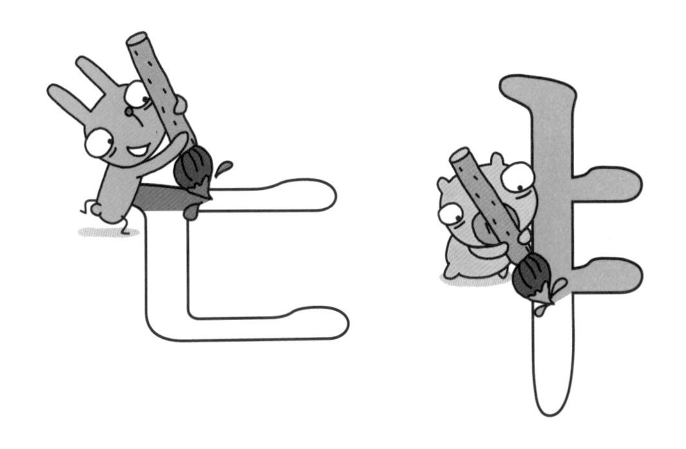

韓文字母 II

- 四個和 [y] 組合成的複合母音 ㅑ ㅕ ㅛ ㅠ
- 四個子音 ㄷ ㄹ ㅂ ㅈ
- 九個終聲 ㄱ ㄴ ㄹ ㅁ ㅂ ㅇ ㄷ ㅅ ㅈ

四個和 [y] 組合成的複合母音

基本母音「ㅏ, ㅓ, ㅗ, ㅜ」和 [ㅣ]（羅馬拼音寫作 [y]）組合在一起形成母音「ㅑ, ㅕ, ㅛ, ㅠ」。發這四個母音時，嘴型是類似的。

[ja]，羅馬拼音寫作 [ya]，發音類似於 yard 中的 ya。

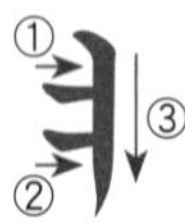

[jɔ]，羅馬拼音寫作 [yeo]，發音類似於 yawn 中的 ya。

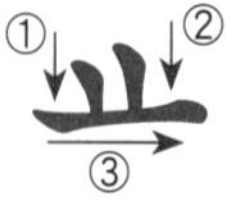

[jo]，羅馬拼音寫作 [yo]，發音類似於的 yogurt 中的 yo。

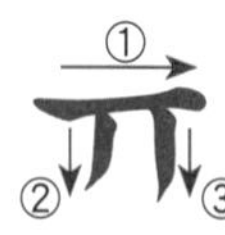

[ju]，羅馬拼音寫作 [yu]，發音類似於 you。

track 03

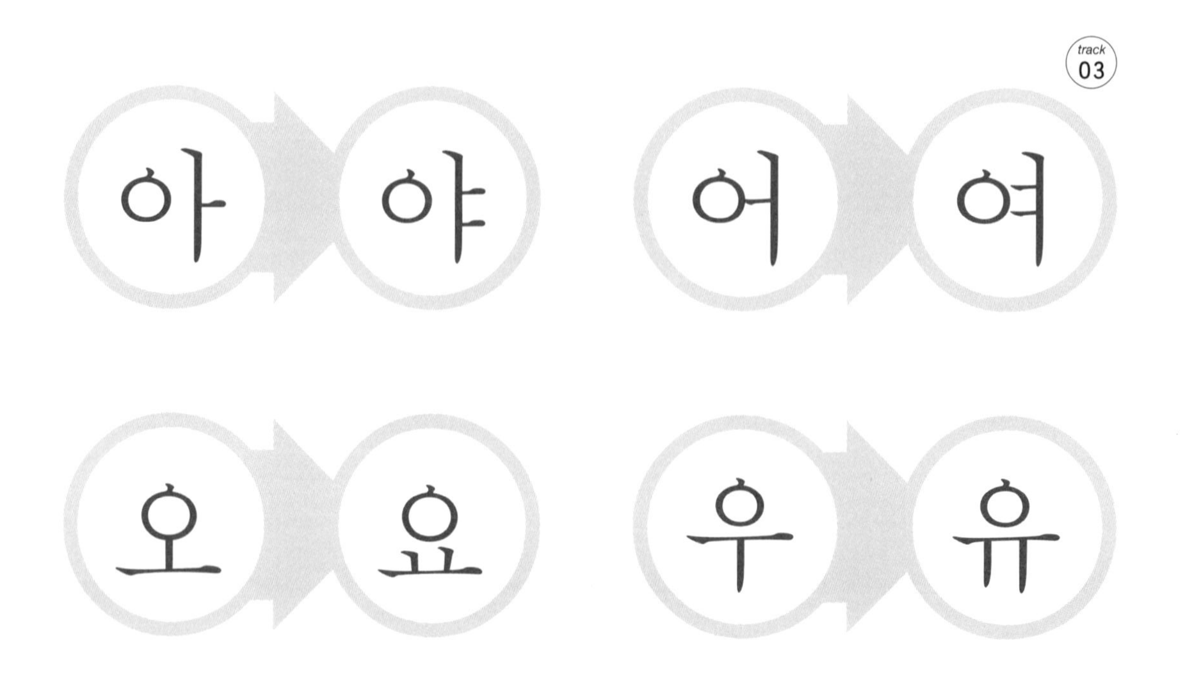

track 03

우유

우유
우유

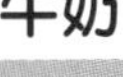
牛奶

여기

여기
여기

這裡

야구

야구
야구

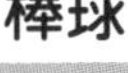
棒球

아니요

아니요
아니요

不

여우

여우
여우

狐狸

가요

가요
가요

去

四個子音

除了多了些筆劃，下面四個子音和基本子音很相似。「ㄷ」和「ㄹ」從「ㄴ」衍生而來，「ㅂ」來自「ㅁ」，「ㅈ」來自「ㅅ」。

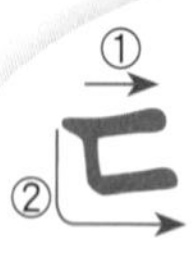

[t]，發音類似於 battle 中的 tt。

[d]，發音類似於 deep 中的 d。

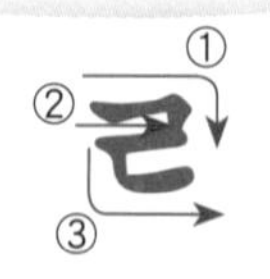

初聲發[l]，羅馬拼音寫作[ℓ]，發音類似於 ball 中的 ll。

終聲發[r]，發音類似於 x-ray 中的 r。

[p]，發音類似於 pop 中的 p。

[b]，發音類似於 baby 中的 b。

[dʒ]，羅馬拼音寫作[j]，發音類似於 juice 中的 j。

track 03

ㄷ 오 → 도

ㄹ 우 → 루

ㅂ 아 → 바

ㅈ 이 → 지

track 03

머리

머리
머리

頭

구두

구두
구두

皮鞋

지도

지도
지도

地圖

바다

바다
바다

大海

아버지

아버지
아버지

爸爸

여자

여자
여자

女人、女子

九個終聲

出現在母音下面的子音叫做終聲（韓文稱作「batchim」），發音時接在母音之後。多數情況下，終聲的發音和它作為初聲時的發音一致。不過，「ㅇ」作為初聲時不發音，作為終聲發音為[ŋ]（羅馬拼音寫作「ng」）。「ㄷ, ㅅ, ㅈ」作為終聲時發音都是 [t]。

ㄱ [k]，發音類似於 cook 中的 k。

ㄴ [n]，發音類似於 noon 中的 n。

ㄹ [l]，羅馬拼音寫作 [ℓ]，發音類似於 call 中的 ll。

ㅁ [m]，發音類似於 hum 中的 m。

ㅂ [p]，發音類似於 chop 中的 p。

ㅇ [ŋ]，羅馬拼音寫作 [ng]，發音類似於 ring 中的 ng。

ㄷ = ㅅ = ㅈ [t]，發音類似於 road 中的 d。

請牢記終聲只有七種可能的發音。

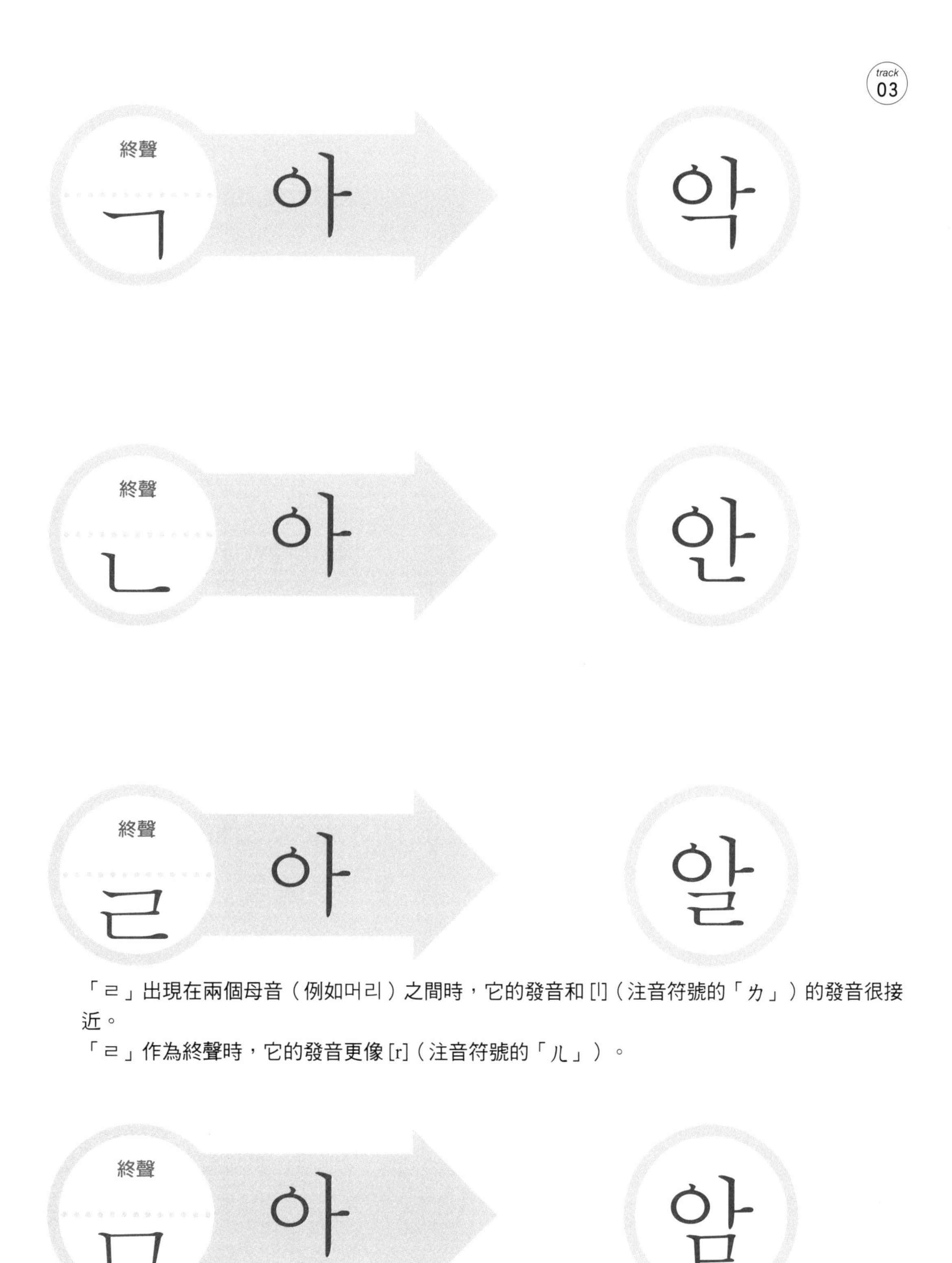

「ㄹ」出現在兩個母音（例如머리）之間時，它的發音和 [l]（注音符號的「ㄌ」）的發音很接近。

「ㄹ」作為終聲時，它的發音更像 [r]（注音符號的「ㄦ」）。

請記住，「ㄷ, ㅅ, ㅈ」作為終聲時發音相同。
注意：「낟, 낫, 낮」的寫法雖不同，但發音相同。

물

물

水

집

집

房子

미국

미국

美國

남자

남자

男人、男子

안경

안경

眼鏡

옷

옷

衣服

練習題

track 03

▸ 聽錄音，選出正確的答案。（1～4）

1 ⓐ 요리 ⓑ 유리

2 ⓐ 몸 ⓑ 봄

3 ⓐ 짐 ⓑ 집

4 ⓐ 사람 ⓑ 사랑

▸ 聽錄音中唸出的單字，選出正確的答案。（5～10）

		ⓐ	ⓑ	ⓒ	ⓓ
5	□다	ⓐ 마	ⓑ 바	ⓒ 나	ⓓ 다
6	□구	ⓐ 야	ⓑ 여	ⓒ 요	ⓓ 유
7	구□	ⓐ 더	ⓑ 도	ⓒ 두	ⓓ 드
8	아□지	ⓐ 바	ⓑ 버	ⓒ 보	ⓓ 부
9	가□	ⓐ 반	ⓑ 밤	ⓒ 박	ⓓ 방
10	□자	ⓐ 난	ⓑ 남	ⓒ 낙	ⓓ 낭

▸ 跟著錄音，練習朗讀以下的單字。（11～14）

11 우유, 요리, 여자, 야구

12 구두, 머리, 나라, 아버지

13 돈, 밤, 방, 길

14 우산, 중국, 사람, 안경

解答 p.275

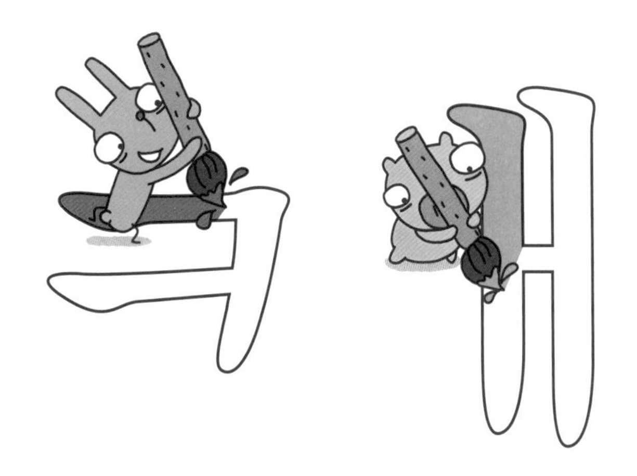

韓文字母 III

- 四個複合母音 ㅐ ㅔ ㅒ ㅖ
- 五個清子音 ㅋ ㅌ ㅍ ㅊ ㅎ
- 五個終聲 ㅋ ㅌ ㅍ ㅊ ㅎ

四個複合母音

以下的母音發音都很類似：

[ɛ]，羅馬拼音寫作 [ae]，發音類似於 and 中的 a。

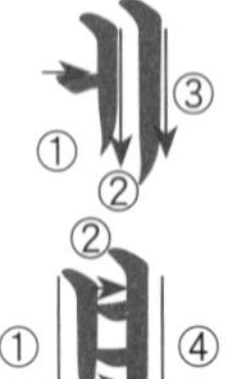

[e]，發音類似於 end 中的 e。

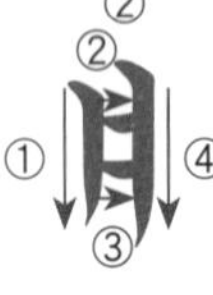

[jɛ]，羅馬拼音寫作 [yae]，發音類似於 yeah 中的 yea 或 Yale 中的 ya。

[je]，羅馬拼音寫作 [ye]，發音類似於 yes 中的 ye。

母音「ㅐ」由兩個單母音組成，「ㅏ + ㅣ = ㅐ」。同樣的，「ㅔ」是由「ㅓ」和「ㅣ」組成，母音「ㅐ, ㅔ」和「ㅣ」一起組成母音「ㅒ, ㅖ」。

track 04

ㅏ + ㅣ 애

ㅓ + ㅣ 에

애 → 얘

에 → 예

在日常生活中，上面母音的發音很難相互區分。實際運用上，可以將它們視為相同的發音（애=에, 얘=예）。

track 04

노래

노래

歌

아내

아내

妻子

가게

가게

商店

어제

어제

昨天

시계

시계

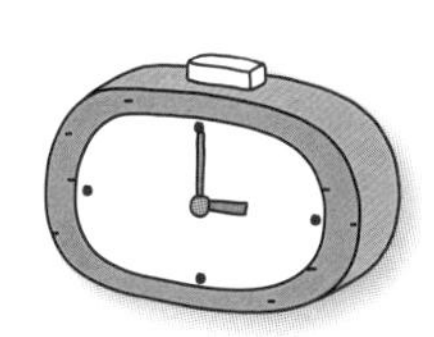

鐘錶

얘기

얘기

交談

五個清子音

子音「ㅋ, ㅍ, ㅌ, ㅊ, ㅎ」是從以下的子音「ㄱ, ㅂ, ㄷ, ㅈ, ㅇ」衍生而來的，不過前者的發音比後者強。「ㅋ」來自「ㄱ」，「ㅍ」來自「ㅂ」，「ㅌ」來自「ㄷ」，「ㅊ」來自「ㅈ」，「ㅎ」來自「ㅇ」。

[k]，發音類似於 kite 中的 k。

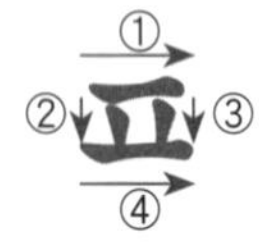
[p]，發音類似於 peace 中的 p。

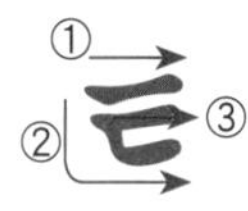
[t]，發音類似於 tiger 中的 t。

[tʃ]，羅馬拼音寫作 [ch]，發音類似於 chicken 中的 ch。

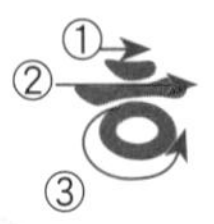
[h]，發音類似於 house 中的 h。

track 04

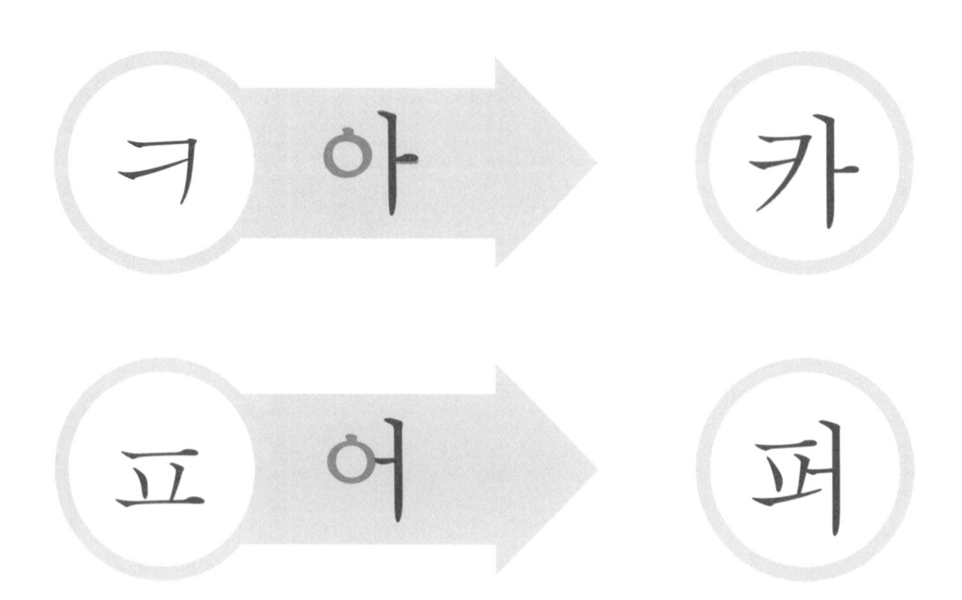

ㅌ 오 → 토

ㅊ 으 → 츠

ㅎ 우 → 후

注意

聽mp3，學習以下的韓文如何發音。

track 04

가 카 버 퍼

도 토 즈 츠

우 후

track 04

지하철

지하철

地下鐵

표

표

票

토요일

토요일

星期六

코

코

鼻子

한국

한국

韓國

주차장

주차장

停車場

五個終聲

當以下這幾個子音作為終聲出現時，它們的讀音如下：

ㅋ = ㄱ [k]

ㅍ = ㅂ [p]

ㅌ = ㄷ [t]

ㅊ = ㅈ = ㄷ [t]

ㅎ = ㄷ [t]

track 04

終聲 ㅋ 어 → 엌

終聲 ㅍ 아 → 앞

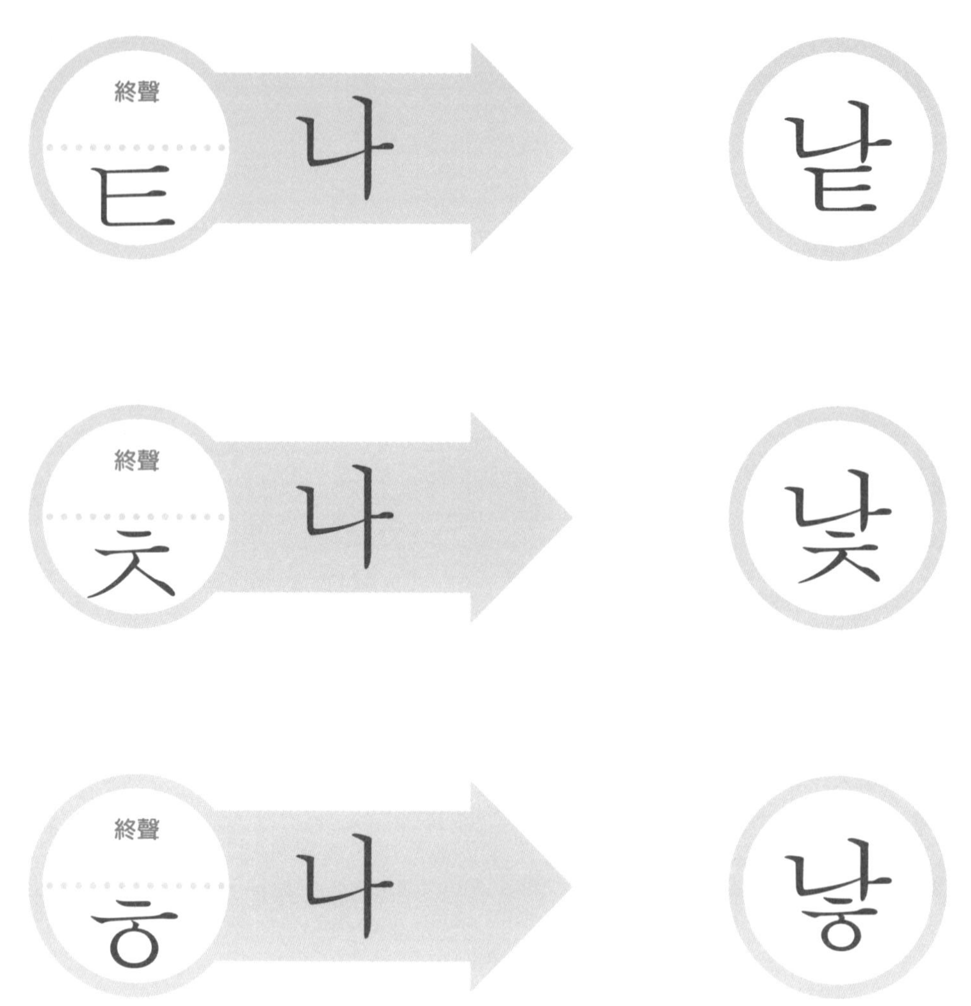

注意：낟, 낱, 낫, 낫, 낮, 낳的寫法雖不同，但發音相同。

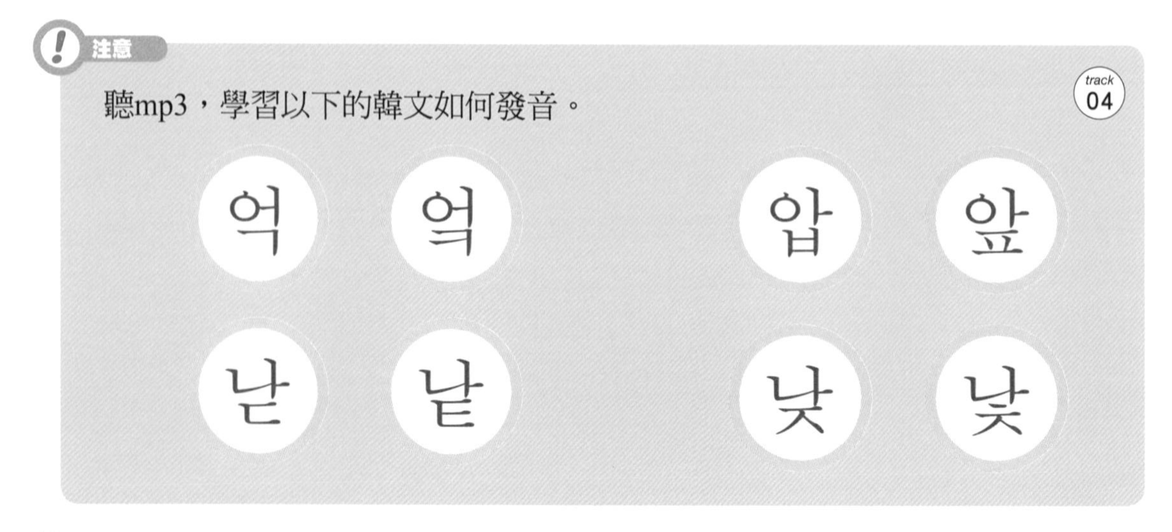

track
04
국
국
湯
부엌
부엌
廚房
빗
빗
梳子
빛
빛
光線
입
입
嘴
잎
잎
樹葉

練習題

track 04

▸ 聽錄音，選出正確的答案。（1～3）

1 ⓐ 자 ⓑ 차

2 ⓐ 발 ⓑ 팔

3 ⓐ 기 ⓑ 키

▸ 聽錄音中唸出的單字，選出正確的答案。（4～7）

4 김 □ ⓐ 시 ⓑ 지 ⓒ 치 ⓓ 히

5 □ 도 ⓐ 모 ⓑ 보 ⓒ 포 ⓓ 호

6 지 □ ⓐ 아 ⓑ 자 ⓒ 차 ⓓ 하

7 한 □ ⓐ 복 ⓑ 본 ⓒ 봄 ⓓ 봉

▸ 仔細聽錄音中單字的發音，選出正確的答案。（8～10）

8 ⓐ 악 ⓑ 암 ⓒ 앙 ⓓ 앞

9 ⓐ 극 ⓑ 근 ⓒ 끝 ⓓ 급

10 ⓐ 꼭 ⓑ 꼼 ⓒ 꼽 ⓓ 꽃

▸ 跟著錄音，練習朗讀以下的單字。（11～14）

11 새, 개, 애기, 계란

12 한국, 책, 책상, 학생

13 컴퓨터, 텔레비전, 테니스, 카메라

14 끝, 꽃, 옆, 부엌

解答 p.275

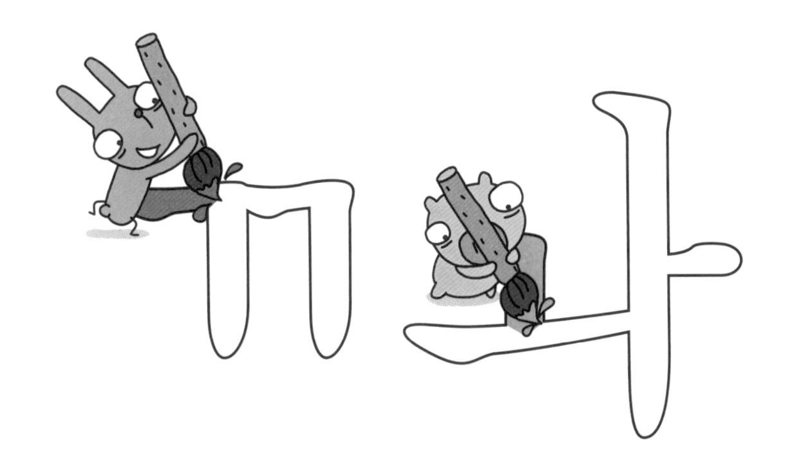

韓文字母 Ⅳ

- 七個複合母音 ㅘ ㅝ ㅙ ㅞ ㅚ ㅟ ㅢ
- 五個雙子音 ㄲ ㅃ ㄸ ㅆ ㅉ
- 兩個終聲 ㄲ ㅆ
- 複合子音 ㄵ ㄶ ㄼ ㅄ ㄺ ㄻ

七個複合母音

下面是對七個複合母音的介紹，這些母音是由兩個或兩個以上母音組成的。

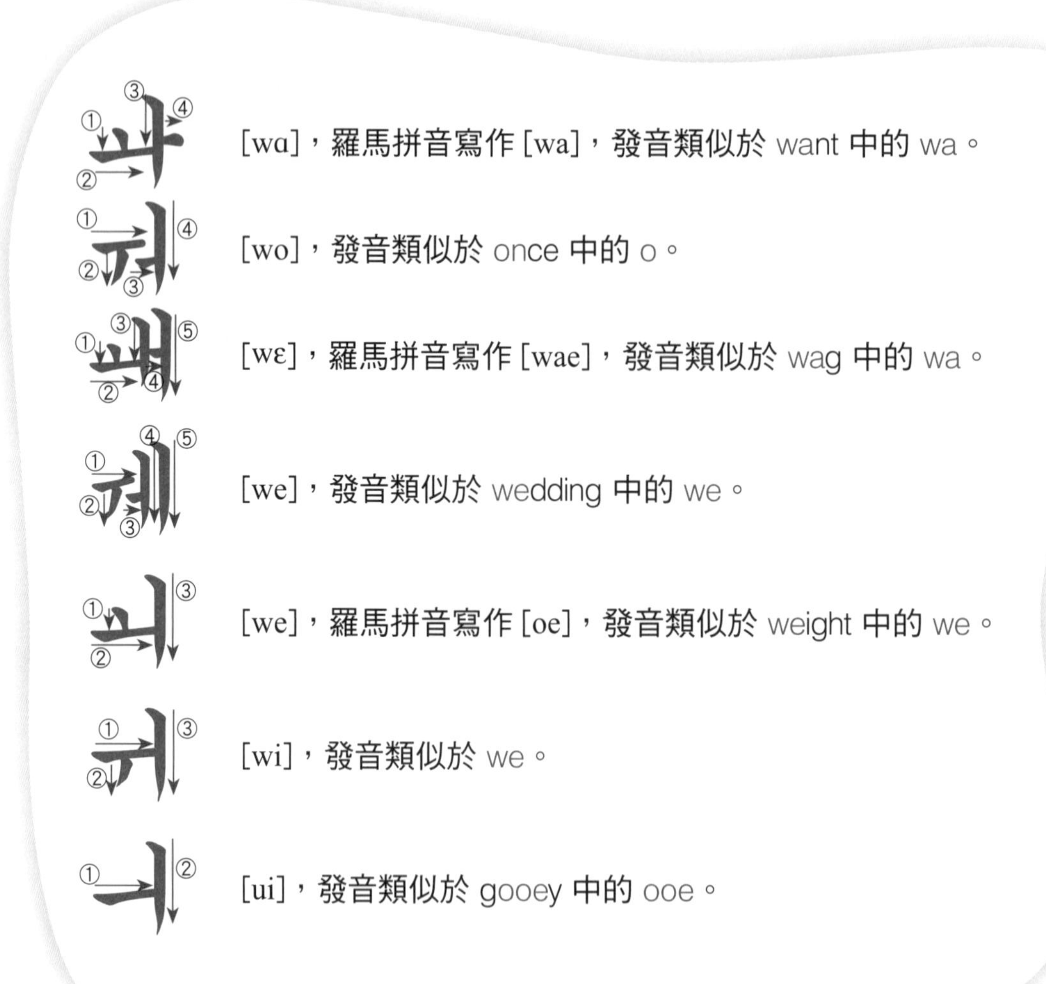

ㅘ [wɑ]，羅馬拼音寫作 [wa]，發音類似於 want 中的 wa。

ㅝ [wo]，發音類似於 once 中的 o。

ㅙ [wɛ]，羅馬拼音寫作 [wae]，發音類似於 wag 中的 wa。

ㅞ [we]，發音類似於 wedding 中的 we。

ㅚ [we]，羅馬拼音寫作 [oe]，發音類似於 weight 中的 we。

ㅟ [wi]，發音類似於 we。

ㅢ [ui]，發音類似於 gooey 中的 ooe。

英語中，母音「ㅢ」（[ui]）的發音是兩個音節，類似於「gooey」中 [ui] 的發音。試著快速地把這兩個音節讀成一個音節，這樣你就能發出「ㅢ」了。

ㅗ + ㅏ 와

ㅜ + ㅓ 워

ㅗ + ㅐ 왜

ㅜ + ㅔ 웨

ㅗ + ㅣ 외

ㅜ + ㅣ 위

ㅡ + ㅣ 의

track 05

사과

사과

蘋果

돼지

돼지

豬

병원

병원

醫院

외국인

외국인

外國人

귀

귀

耳朵

의자

의자

椅子

五個雙子音

下面的子音是從基本子音衍生出來的，不過，這些子音的發音都有一個爆破音（空氣通過幾乎閉合的聲帶時，經由聲帶的震動所產生的音）。「ㄲ」來自「ㄱ」和「ㅋ」，「ㅃ」來自「ㅂ」和「ㅍ」，「ㄸ」來自「ㄷ」和「ㅌ」，「ㅆ」來自「ㅅ」，「ㅉ」來自「ㅈ」和「ㅊ」。

ㄲ [g]，羅馬拼音寫作 [kk]，發音類似於 gotcha! 中的 g。

ㅃ [b]，羅馬拼音寫作 [pp]，發音類似於 bad 中的 b。

ㄸ [d]，羅馬拼音寫作 [tt]，發音類似於 duh 中的 d。

ㅆ [s]，羅馬拼音寫作 [ss]，發音類似於 sang 中的 s 。（發音重）

ㅉ [z]，羅馬拼音寫作 [jj]，發音類似於 gotcha 中的 ch。

track 05

ㄲ 아 → 까

ㅃ 어 → 뻐

ㄸ 오 → 또

ㅆ 우 → 쑤

ㅉ 아 → 짜

! 注意

聽mp3，學習以下的韓文如何發音。

track 05

가 카 까 버 퍼 빼

도 토 또 수 쑤

자 차 짜

track 05

빵

빵

麵包

어깨

어깨

肩膀

땀

땀

汗水

토끼

토끼

兔子

비싸요

비싸요

昂貴

짜요

짜요

鹹

兩個終聲

當「ㄲ」和「ㅆ」作為終聲時，它們的發音如下：

ㄲ = ㅋ = ㄱ [k]

ㅆ = ㅅ [t]

track 05

終聲 ㄲ + 바 → 밖

終聲 ㅆ + 가 → 갔

複合子音

兩個不同的子音偶爾會出現在母音下面，這種情況叫做複合子音。有時，只有第一個子音發音，有時只有第二個子音發音。

複合子音「ㄵ, ㄶ, ㄼ, ㅄ」出現的單字中，只有第一個終聲發音。

앉다　　앓다　　여덟　　값

複合子音「ㄺ, ㄻ」出現的單字中，只有第二個終聲發音。

닭　　삶

track 05
밖
外面
Yesterday
갔다
去（過去式）
닭
雞
여덟
八
BOOK
9,500
값
價格
앉다
坐

練習題

track 05

▸ 聽錄音，選出正確的答案。（1～5）

1 ⓐ 자요 ⓑ 차요 ⓒ 짜요

2 ⓐ 달 ⓑ 탈 ⓒ 딸

3 ⓐ 방 ⓑ 팡 ⓒ 빵

4 ⓐ 외 ⓑ 위 ⓒ 웨

5 ⓐ 의자 ⓑ 위자 ⓒ 외자

▸ 聽錄音中唸出的單字，選出正確的答案。（6～10）

		ⓐ	ⓑ	ⓒ	ⓓ
6	아 □	ⓐ 마	ⓑ 바	ⓒ 파	ⓓ 빠
7	□ 요	ⓐ 사	ⓑ 자	ⓒ 싸	ⓓ 짜
8	더 □ 요	ⓐ 오	ⓑ 어	ⓒ 우	ⓓ 워
9	□ 자	ⓐ 궈	ⓑ 과	ⓒ 궤	ⓓ 괘
10	□ 사	ⓐ 호	ⓑ 회	ⓒ 후	ⓓ 휘

▸ 跟著錄音，練習朗讀以下的單字。（11～14）

11 사과, 화장실, 왜, 여권

12 회사, 열쇠, 귀, 의자

13 떡, 땀, 뽀뽀, 아저씨

14 닦다, 갔다, 닭, 여덟

解答 p.275

● 終聲只有七種唸法

雖然任何子音在書寫時都可以作為終聲，但有些子音在當成終聲和當成初聲時的發音不同，所有出現在終聲位置的子音，都歸結成以下七種發音。

[k]	ㄱ 국	ㅋ 부엌	ㄲ 밖
[p]	ㅂ 입	ㅍ 잎	
[n]	ㄴ 산		
[m]	ㅁ 님		
[l] 羅馬拼音：[ℓ]	ㄹ 물		
[ŋ] 羅馬拼音：[ng]	ㅇ 강		
[t]	ㄷ 듣다	ㅌ 끝	
	ㅅ 빗		ㅆ 갔다
	ㅈ 빚	ㅊ 빛	
	ㅎ 낳다		

21 個母音

母音	和 [y] 組成的母音	母音	和 [y] 組成的母音
ㅏ [ɑ] father	ㅑ [jɑ] yard	ㅓ [ɔ] up	ㅕ [yo] yawn
ㅗ [o] go	ㅛ [jo] yogurt	ㅜ [u] who	ㅠ [ju] you
ㅡ [eu] taken		ㅣ [i] teeth	
ㅐ [ɛ] and, any	ㅒ [jɛ] yeah, Yale	ㅔ [e] end	ㅖ [je] yes

和ㅗ組成的複合母音		和ㅜ組成的複合母音
ㅘ [wɑ] want		ㅝ [wo] once
ㅙ [wɛ] wag		ㅞ [we] wedding
ㅚ [we] weight		ㅟ [wi] we
	ㅢ [ui] gooey	

19 個子音

發音方式 / 發音部位	流音	鼻音	軟音 不運用多少空氣	送氣音 有個爆破音 大量空氣	不送氣音 喉嚨拉緊，聲音較大，聲音較強。
運用嘴唇		ㅁ [m] mom	ㅂ [p] pop [b] baby	ㅍ [p] peace	ㅃ [b] Bad!
舌頭抵住牙齒	ㄹ [r] x-ray [l] ball	ㄴ [n] no	ㄷ [t] battle [d] deep	ㅌ [t] tiger	ㄸ [d] Duh! （唸時要用力）
空氣通過牙齒			ㅅ [s] sad [ʃ] sheet 在母音「ㅣ」前		ㅆ [s] sang
和「ㄗ／ㄘ」相似的摩擦音			ㅈ [dʒ] juice	ㅊ [tʃ] chicken	ㅉ [z] gotcha
軟口蓋音（舌頭後方輕觸上顎）		ㅇ [ŋ] ring 在終聲中	ㄱ [k] pick [g] good	ㅋ [k] kite	ㄲ [g] gotcha
和「ㄏ」相似的喉音				ㅎ [h] house	

韓文發音表

※中文注音僅供參考，請仔細聽 MP3 Track02～05，學習正確的發音方式。

	ㄱ ㄎ/ㄍ	ㄴ ㄋ	ㄷ ㄊ/ㄉ	ㄹ ㄌ	ㅁ ㄇ	ㅂ ㄆ/ㄅ	ㅅ ㄙ/ㄒ
ㅏ ㄚ	가 ㄎㄚ/ㄍㄚ	나 ㄋㄚ	다 ㄊㄚ/ㄉㄚ	라 ㄌㄚ	마 ㄇㄚ	바 ㄆㄚ/ㄅㄚ	사 ㄙㄚ
ㅑ ㄧㄚ	갸 ㄎㄧㄚ/ㄍㄧㄚ	냐 ㄋㄧㄚ	댜 ㄊㄧㄚ/ㄉㄧㄚ	랴 ㄌㄧㄚ	먀 ㄇㄧㄚ	뱌 ㄆㄧㄚ/ㄅㄧㄚ	샤 ㄒㄧㄚ
ㅓ ㄛ	거 ㄎㄛ/ㄍㄛ	너 ㄋㄛ	더 ㄊㄛ/ㄉㄛ	러 ㄌㄛ	머 ㄇㄛ	버 ㄆㄛ/ㄅㄛ	서 ㄙㄛ
ㅕ ㄧㄛ	겨 ㄎㄧㄛ/ㄍㄧㄛ	녀 ㄋㄧㄛ	뎌 ㄊㄧㄛ/ㄉㄧㄛ	려 ㄌㄧㄛ	며 ㄇㄧㄛ	벼 ㄆㄧㄛ/ㄅㄧㄛ	셔 ㄒㄧㄛ
ㅗ ㄛ	고 ㄎㄛ/ㄍㄛ	노 ㄋㄛ	도 ㄊㄛ/ㄉㄛ	로 ㄌㄛ	모 ㄇㄛ	보 ㄆㄛ/ㄅㄛ	소 ㄙㄛ
ㅛ ㄧㄛ	교 ㄎㄧㄛ/ㄍㄧㄛ	뇨 ㄋㄧㄛ	됴 ㄊㄧㄛ/ㄉㄧㄛ	료 ㄌㄧㄛ	묘 ㄇㄧㄛ	뵤 ㄆㄧㄛ/ㄅㄧㄛ	쇼 ㄒㄧㄛ
ㅜ ㄨ	구 ㄎㄨ/ㄍㄨ	누 ㄋㄨ	두 ㄊㄨ/ㄉㄨ	루 ㄌㄨ	무 ㄇㄨ	부 ㄆㄨ/ㄅㄨ	수 ㄙㄨ
ㅠ ㄧㄨ	규 ㄎㄧㄨ/ㄍㄧㄨ	뉴 ㄋㄧㄨ	듀 ㄊㄧㄨ/ㄉㄧㄨ	류 ㄌㄧㄨ	뮤 ㄇㄧㄨ	뷰 ㄆㄧㄨ/ㄅㄧㄨ	슈 ㄒㄧㄨ
ㅡ ㄜ	그 ㄎㄜ/ㄍㄜ	느 ㄋㄜ	드 ㄊㄜ/ㄉㄜ	르 ㄌㄜ/ㄖㄜ	므 ㄇㄜ	브 ㄆㄜ/ㄅㄜ	스 ㄙㄜ
ㅣ ㄧ	기 ㄎㄧ/ㄍㄧ	니 ㄋㄧ	디 ㄊㄧ/ㄉㄧ	리 ㄌㄧ	미 ㄇㄧ	비 ㄆㄧ/ㄅㄧ	시 ㄒㄧ

ㅇ ㄥ	ㅈ ㄗ/ㄐ	ㅊ ㄘ/ㄑ	ㅋ ㄎ	ㅌ ㄊ	ㅍ ㄆ	ㅎ ㄏ
아 ㄚ	자 ㄗㄚ/ㄐㄚ	차 ㄘㄚ/ㄑㄚ	카 ㄎㄚ	타 ㄊㄚ	파 ㄆㄚ	하 ㄏㄚ
야 ㄧㄚ	쟈 ㄗㄧㄚ/ㄐㄧㄚ	챠 ㄑㄧㄚ	캬 ㄎㄧㄚ	탸 ㄊㄧㄚ	퍄 ㄆㄧㄚ	햐 ㄏㄧㄚ
어 ㄛ	저 ㄗㄛ/ㄐㄛ	처 ㄘㄛ	커 ㄎㄛ	터 ㄊㄛ	퍼 ㄆㄛ	허 ㄏㄛ
여 ㄧㄛ	져 ㄗㄧㄛ/ㄐㄧㄛ	쳐 ㄑㄧㄛ	켜 ㄎㄧㄛ	텨 ㄊㄧㄛ	펴 ㄆㄧㄛ	혀 ㄏㄧㄛ
오 ㄛ	조 ㄗㄛ/ㄐㄛ	초 ㄘㄛ	코 ㄎㄛ	토 ㄊㄛ	포 ㄆㄛ	호 ㄏㄛ
요 ㄧㄛ	죠 ㄗㄧㄛ/ㄐㄧㄛ	쵸 ㄑㄧㄛ	쿄 ㄎㄧㄛ	툐 ㄊㄧㄛ	표 ㄆㄧㄛ	효 ㄏㄧㄛ
우 ㄨ	주 ㄗㄨ/ㄐㄨ	추 ㄘㄨ	쿠 ㄎㄨ	투 ㄊㄨ	푸 ㄆㄨ	후 ㄏㄨ
유 ㄧㄨ	쥬 ㄗㄧㄨ/ㄐㄧㄨ	츄 ㄑㄧㄨ	큐 ㄎㄧㄨ	튜 ㄊㄧㄨ	퓨 ㄆㄧㄨ	휴 ㄏㄧㄨ
으 ㄜ	즈 ㄗㄜ	츠 ㄘㄜ	크 ㄎㄜ	트 ㄊㄜ	프 ㄆㄜ	흐 ㄏㄜ
이 ㄧ	지 ㄐㄧ	치 ㄑㄧ	키 ㄎㄧ	티 ㄊㄧ	피 ㄆㄧ	히 ㄏㄧ

韓文和其它語言的比較

韓文和中文或英文相比，有一些重要的差別：

1. 動詞在後面。

마크（馬克）음식（食物）먹어요（吃）

韓文的語順與中文不同，韓文的動詞通常出現在句子的最後面，因此韓文句子的語順通常是「主詞＋受詞＋動詞」。

2. 韓文中有助詞。

主格助詞　受格助詞

마크（馬克）가 음식（食物）을 먹어요（吃）.

人　物

在韓文中，儘管動詞總是在句末，句子的其他部分並沒有嚴格的順序。這是因為韓文可以透過助詞來表現其詞性（主詞、受詞等等）。

3. 疑問句和直述句的順序相同。

疑問句	마크（馬克）가 뭐（什麼） 먹어요（吃）?
直述句	마크（馬克）가 음식（食物）을 먹어요（吃）.

在韓文中，疑問句和直述句的語順相同，不過，疑問句的語調要上升，直述句的語調平穩。

書中 主要人物 介紹!

제인 珍
加拿大人
英文老師

폴 保羅
澳洲人
大學生

지나 吉娜
韓國人
大學生
保羅的朋友

유진 幼珍
韓國人
大學生
詹姆士的學生

진수 真洙
韓國人
公司職員
馬克的朋友

리에 理惠
日本人
日文老師
真洙的朋友

제임스 詹姆士
英國人
英文老師

마크 馬克
美國人
公司職員

讓我們一起開始 學習韓文吧！

Lesson 1 안녕하세요? 저는 폴이에요.

你好，我是保羅。

- 예요 / 이에요：「是」
- 疑問詞 뭐：「什麼」 / 어느：「哪一個」
- 主題助詞：은 / 는
- 國家和國籍

이름이 뭐예요?
你叫什麼名字？

저는 폴이에요.
我叫保羅。

● 예요 / 이에요：「是」

這個字可以視為「等於」的符號，它用來描述兩個事物之間「對等」、「等同於」的部分（例如說「我是保羅」或「她是一位醫生」）

前面無終聲	前面有終聲
제임스예요. 我是詹姆斯。	폴이에요. 我是保羅。

● 疑問詞 뭐：「什麼」

뭐 的用法和中文裡的「什麼」一樣，在提出問題時使用。

A 이름이 뭐예요?　　你叫什麼名字？
B 마크예요.　　我叫馬克。

注意

提出問題時，뭐和예요同時使用。
뭐예요需放在句子的最後。
이름이 뭐예요? (o)
뭐 이름이에요? (x)

想知道……

人們在口語中使用뭐，在正式的書面語中則使用무엇。
이름이 뭐예요? 你叫什麼名字？（口語）
이름이 무엇입니까? 你的名字是什麼？（正式的書面語）

主題助詞：은 / 는

主題助詞，就像字面上的意思一樣，指明一個句子的主旨。但是，並不是每一個句子都必須有一個主題助詞，主題助詞只有在說話的人想要強調一個新的主題時才會出現。想像一下，當你介紹某人時，你怎樣用手勢來示意一下你要介紹的那個人？當韓國人在進行介紹時，主題助詞的功能和手勢一樣，目的是在強調每個在場的人。

前面無終聲	前面有終聲
저는 폴이에요. 我叫保羅。 （用來介紹自己。）	선생님은 한국 사람이에요. 老師是韓國人。 （用來向別人示意你們現在是在談論老師。）

國家和國籍

描述某人的國籍時，先說國家的名稱，然後使用單字사람。

한국　韓國　—　한국 사람　韓國人

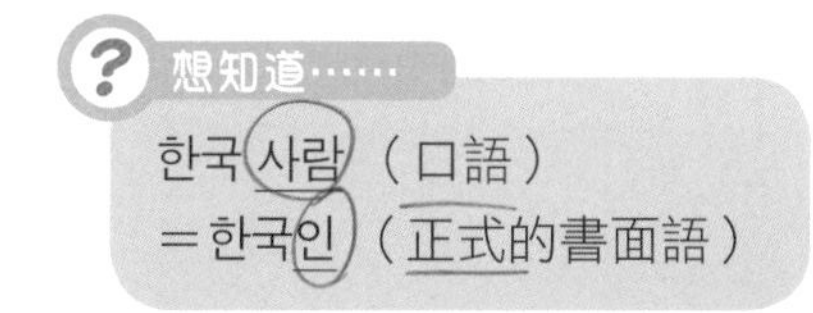

疑問詞：어느「哪一個」

疑問詞어느後面跟著一個名詞時，這個句型是用來要求別人具體指出某一類或某一組物體中的個體。

A 어느 나라 사람이에요?　　你是哪一個國家的人？
B 저는 한국 사람이에요.　　我是韓國人。

對話 1 track 06

安　你好。
小智　你好。
安　你叫什麼名字？
小智　我叫小智。你叫什麼名字？
安　我叫安。 很高興認識你。
小智　我也很高興認識你。

앤　안녕하세요?

사토루　안녕하세요?

앤　이름이 뭐예요?

사토루　저는 사토루예요. 이름이 뭐예요?

앤　저는 앤이에요. 반갑습니다.

사토루　반갑습니다.

單字

이름 名字
뭐 什麼
저 我

常用句

안녕하세요? 你好！
이름이 뭐예요?
你叫什麼名字？
만나서 반갑습니다.
很高興認識你。

반갑습니다

★ 안녕하세요? 「你好」

儘管「你好」是一個普通的問候語，發音時要帶有詢問語氣，句末使用升調。如果你與某人第一次見面，在說「你好」的時候可以輕微地點一下頭。

對話 2 track 06

馬克 你好。我是馬克。
幼珍 你好。我是幼珍。
馬克 幼珍，你是哪一國人？
幼珍 我是韓國人。馬克，你來自哪一個國家？
馬克 我是美國人。
（繼續聊了一會兒）
幼珍 待會兒見。
馬克 再見。

마크 안녕하세요? 저는 마크예요.

유진 안녕하세요? 저는 유진이에요.

마크 유진 씨는 어느 나라 사람이에요?

유진 저는 한국 사람이에요.
마크 씨는 어느 나라 사람이에요?

마크 저는 미국 사람이에요.

(얘기를 나누고…)

유진 다음에 또 봐요.

마크 다음에 또 봐요.

다음에 또 봐요

單字

씨 先生、小姐
어느 哪一個
나라 國家
사람 人
한국 韓國
한국 사람 韓國人
미국 美國
미국 사람 美國人
다음에 下次
또 又、再
봐요（我）看

常用句

어느 나라 사람이에요?
你是哪一國人？
다음에 또 봐요.
下次見、再見

會話便利貼

★ **稱呼別人的名字而不是使用人稱代詞「你」**

在韓國，當你碰見別人的時候，使用人稱代詞「你」來稱呼對方是不禮貌的。韓國人通常都會稱呼對方的全名，或是在對方的姓氏後面加上一個씨，以表示對對方的尊重。不過在稱呼自己的時候，不要使用씨。

發音 track 06

● 사람이에요 → [사라미에요]

如果名詞是以終聲結尾，並且下一個音節是以子音「ㅇ」為初聲，那麼這個終聲要視為下一個音節的初聲來發音。

但是如果是以「ㅇ」為終聲的單字（例如가방），這個單字就要按照書寫方式來發音。

(1) 폴이에요 → [포리에요]

(2) 선생님이에요 → [선생니미에요]

(3) 가방이에요 → [가방이에요]

單字補充

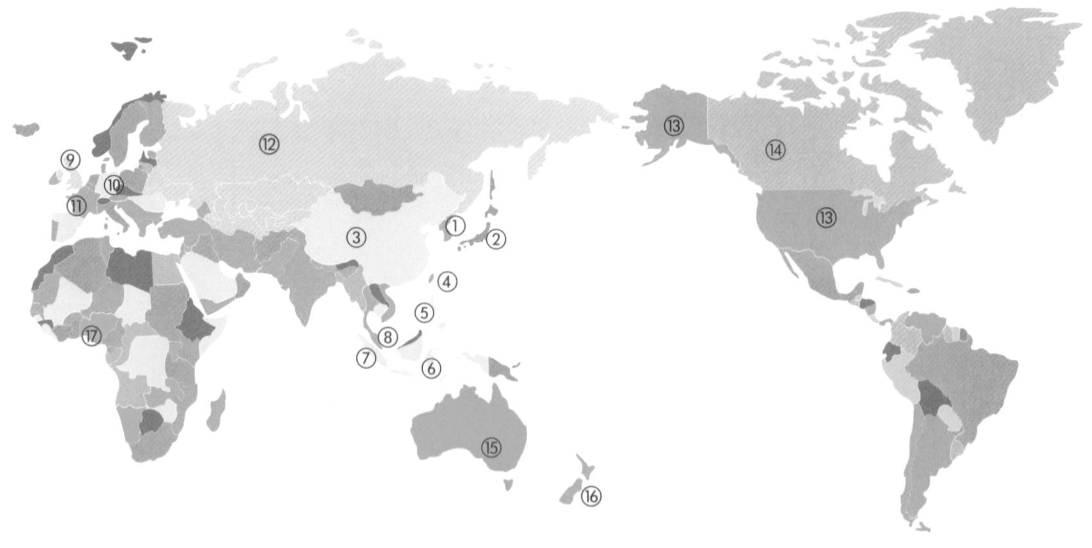

아시아	亞洲
1 한국	韓國
2 일본	日本
3 중국	中國
4 대만	臺灣
5 필리핀	菲律賓
6 인도네시아	印尼
7 싱가포르	新加坡
8 말레이시아	馬來西亞

유럽	歐洲
9 영국	英國
10 독일	德國
11 프랑스	法國
12 러시아	俄羅斯

아메리카	美洲
13 미국	美國
14 캐나다	加拿大

오세아니아	大洋洲
15 호주	澳洲
16 뉴질랜드	紐西蘭

아프리카	非洲
17 가나	迦納

實用短句

你好和再見

A　你好。
B　你好。
當你與某人第一次見面時，點頭問好以示尊重。

A　再見。
B　再見。
兩人都要離開時使用。

留步：안녕히 계세요

A　再見（請慢走）。
B　再見（請留步）。
一個人先行離開，一個人留下時使用。

自我小測驗

文法

▸ 依照範例，閱讀句子後選出正確的答案。（1～3）

이름이 뭐예요?

EX. 저는 폴（예요. / 이에요.）

1 저는 지나（예요. / 이에요.）

2 저는 제임스（예요. / 이에요.）

3 저는 앤（예요. / 이에요.）

▸ 依照範例，看圖選出正確的答案。（4～6）

어느 나라 사람이에요?

EX.

저는 호주 사람이에요.

4

저는 한국 사람이에요.

5

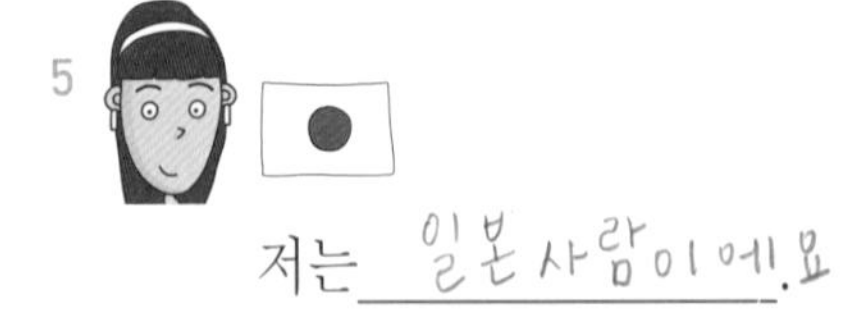

저는 일본 사람이에요.

6

저는 미국 사람이에요.

▸ 閱讀以下的對話後，在空白處填入適當的答案。（7～8）

7 A 이름이 뭐 예요?

B 민수예요.

8 A 어느 나라 사람이에요?

B 한국 사람이에요.

聽力

▸ 聽錄音，將正確的名字和國籍連在一起。（9~11）

	사람?		이름?	어느 나라 사람?
9		•	• ⓐ 유웨이 •	• ㉮ 영국 사람
10		•	• ⓑ 인호 •	• ㉯ 중국 사람
11		•	• ⓒ 제임스 •	• ㉰ 한국 사람

閱讀

▸ 閱讀以下的對話後，選出適當的句子填在空白處。

12 A 안녕하세요?
B 안녕하세요? 이름이 뭐예요?
A 저는 제인이에요.
B ______ⓓ______
A 캐나다 사람이에요.

ⓐ 안녕하세요?　　ⓑ 안녕히 가세요.
ⓒ 이름이 뭐예요?　　ⓓ 어느 나라 사람이에요?

解答 p.275

韓國文化大不同

Q 初次和韓國人碰面時，應當如何稱呼「他」或「她」？

在韓國，兩個人之間見面時（特別是初次見面），幾乎從不使用「你」這個人稱代詞。假如你在辭典中查詢「你」，你會找到당신這個字；但是如果用這個詞語來稱呼一個陌生人的話，那是非常不禮貌的。你可能一直覺得，初次見到某人時相當困惑，不知道該怎麼稱呼「他」或「她」。在韓國，人們是按照彼此的年齡或是職業來稱呼對方，這對於韓國人來說也很複雜。

如果和你碰面的人和你有工作上的關係，你可以稱呼他的職務，例如사장（社長、總經理）或부장（部長、經理）；同時，你可以將敬語님放在職務的後面，以示尊重（例如사장님或부장님）。現在你大概明白，為什麼韓國人會在初次見面時要交換名片的原因了吧！那是因為這些名片上印有職務名稱。

儘管如此，假如你恰好碰到的人沒有明確的職位名稱，這種情況下，在得知對方的姓名後，可以直接稱呼對方的全名，或是在對方的名字後加上敬語씨，以示尊重。例如，김진수，김是她的姓，진수是她的名，你可以稱呼她김진수씨或是진수 씨。如果和你碰面的這個人是一個和你私交不錯的朋友，或是一個孩子，在只有你們兩個人的交談中，你可以使用너（「你」的非正式稱呼）。不過，即使這個人是一位比你小很多的成年人，除非你們關係非常親密，否則你不能使用너這個詞。

Lesson 2 아니요, 회사원이에요.

不，我是上班族。

- 네 / 아니요：「是／不是」
- 省略主詞的句子
- 提出問題
- 語言

關鍵句型和文法

네 / 아니요：「是／不是」

由是／不是所形成的一般疑問句，肯定回答用네，否定回答用아니요。

1	A	제인 씨는 선생님이에요?	珍，你是老師嗎？
	B	네.	是的，我是。
2	A	메이 씨는 학생이에요?	梅，你是學生嗎？
	B	아니요, 저는 의사예요.	不，我是醫生。

省略主詞的句子

在韓國，如果談話雙方都知道句子的主詞，可以將其省略，而不用重複說。

A	어느 나라 사람이에요?	你是哪一國人？
B	(저는) 호주 사람이에요.	（我）是澳洲人。

但是，如果改變談話的主題，第一個句子的主詞絕對不能省略。

A	저는 한국 사람이에요.	我是韓國人。
	제임스 씨는 어느 나라 사람이에요?	詹姆士，你是哪一國人？
B	영국 사람이에요.	英國人。

리에 씨는 회사원이에요?
理惠，你是上班族嗎？

아니요, 일본어 선생님이에요.
不是，我是日語老師。

● 提出疑問

韓文和中文一樣，疑問句與直述句的句型完全一樣。在回答問題時，只需用你的回答將疑問詞替換掉（哪一個，在哪裡，什麼時候，誰，什麼，怎麼樣），保持句型不變就可以了。對於一般疑問句來說，除了語調，問句和答句可能完全相同，因為所有的疑問句結尾都要上揚。

1	A	마크 씨는 회사원이에요?	馬克，你是上班族嗎？
	B	네, 저는 회사원이에요.	是的，我是上班族。
2	A	마크 씨는 어느 나라 사람이에요?	馬克，你是哪個國家的人？
	B	저는 미국 사람이에요.	我是美國人。

● 語言

語言的說法就是在國家的名稱後面加上말或어。二者之間唯一的區別就是말比較不正式，而어是一種正式的書面語。然而，英語只有영어一種說法。

國家	한국 韓國	일본 日本	중국 中國	미국 美國	외국 外國
語言	한국어 한국말 韓語	일본어 일본말 日語	중국어 중국말 漢語	영어 英語	외국어 외국말 外語

對話 1 track 07

幼珍　馬克，你是學生嗎？
馬克　我不是。
幼珍　那麼你是老師嗎？
馬克　不是。
幼珍　那麼你是上班族？
馬克　是的，你說對了。我是上班族。

유진　마크 씨는 학생이에요?

마크　아니요.

유진　그럼, 선생님이에요?

마크　아니요.

유진　그럼, 회사원이에요?

마크　네, 맞아요. 회사원이에요.

單字

학생 學生
그럼 那麼
선생님 老師
회사원 上班族

常用句

아니요. 不是的。
네. 是的。
맞아요. 正確。沒錯。

會話便利貼

★ **그럼 那麼**

透過提問的方式轉換話題的時候，그럼之後通常要停頓一下。그럼是그러면常用的縮略形式。

★ **兩種肯定回答的表述方式**

在做出肯定回答的時候，可以說네或예。네多為女用，예多為男用（或很正式的情況下使用）。

對話 2 track 07

珍　真洙，你做什麼工作？

真洙　我是上班族。

珍，你是學生嗎？

珍　我不是。

真洙　那麼，你做什麼工作？

珍　我是英文老師。

真洙　喔，是嗎？

제인　진수 씨는 무슨 일 해요?

진수　저는 회사원이에요.

제인 씨는 학생이에요?

제인　아니요.

진수　그럼, 무슨 일 해요?

제인　영어 선생님이에요.

진수　아, 그래요?

單字

무슨 什麼

일 工作

해요 做

영어 英語

常用句

무슨 일 해요?
你做什麼工作？

아, 그래요?
喔，是嗎？

會話便利貼

★ **敬語님的涵義**

선생님中的님是一個敬語。在韓國，님常和許多工作與職業頭銜放在一起以示尊敬。尤其是在社會等級和地位十分明確的工作場所，下屬並不直接稱呼上級的名字，而是用職位如사장님（사장總經理＋敬語님）稱呼。但是人們通常不會使用敬語님稱呼自己。

★ **아, 그래요?「這樣嗎？／喔，是這樣嗎？／喔，是嗎？」**

這個短句並不是真正意義上的疑問句，只是一種表達說話者興趣和關注的禮貌方式，類似於「這樣嗎？／喔，是這樣嗎？／喔，是嗎？」。由於一些細微差別，這個韓文短句可以有許多不同的意思。在本對話中，問句只是這個短句的形式，它本身並不是在提問，所以句子的結尾不要過度使用上揚的語調。

發音 track 07

● 감사합니다 → [감사함니다]

當終聲ㄱ,ㄷ,ㅂ後面緊跟著初聲ㄴ, ㅁ的時候，按照慣例，ㄱ,ㄷ,ㅂ的發音要分別改變為 [ㅇ,ㄴ,ㅁ]。

⑴ ㄱ → [ㅇ]　　한국말→[한궁말], 부엌문 [부엉문]

⑵ ㄷ → [ㄴ]　　닫는→[단는], 씻는 [씬는]

⑶ ㅂ → [ㅁ]　　미안합니다→[미안함니다], 앞문 [암문]

單字補充

1	학생	學生
2	선생님	老師
3	회사원	上班族
4	의사	醫生
5	간호사	護士
6	택시기사	計程車司機
7	주부	家庭主婦
8	운동선수	運動員
9	경찰	警察
10	군인	軍人

교수	教授
신부	神父
수녀	修女
목사	牧師
변호사	律師
승려	僧侶
번역가	翻譯（筆譯）
통역사	翻譯（口譯）

實用短句

在韓國，依問候場合的禮儀、問候對象的年齡以及社會地位的不同，問候的形式也會不一樣。

問候

A 您好！
這種問候方式用來問候比你年長的人。
例如：父母、祖父母。

A 你好！
B 你好！
這種問候方式用於問候陌生人，或用來問候你認識、但仍然需要禮貌說話的某個人。

A 嗨！
B 嗨！
這種方式用於問候和你同齡的朋友。
（尤其是一起長大的朋友。）
例如：兒時玩伴、學校的朋友。

A 您好！
B 您好！
這種方式用來問候社會地位比你高的人，或和你有商務往來的人。
例如：老闆、客戶。

自我小測驗

文法

▸ 看圖選出正確的答案。（1～2）

제임스

1 A 제임스 씨예요?
  B （네 / 아니요），제임스예요.
  A 미국 사람이에요?
  B （네 / 아니요），영국 사람이에요.

메이

2 A 리에 씨예요?
  B （네 / 아니요），메이예요.
  A 중국 사람이에요?
  B （네 / 아니요），중국 사람이에요.

▸ 看圖並在空白處填入正確的答案。（3～4）

3 A 프랑스어 선생님이에요?
  B 아니요, ________ 선생님이에요.

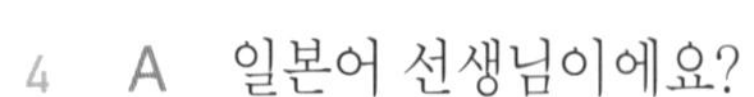

4 A 일본어 선생님이에요?
  B 아니요, ________ 선생님이에요.

▸ 將下列問題和其對應的答案連在一起。（5～7）

5 학생이에요? • • ⓐ 영어 선생님이에요.

6 무슨 일 해요? • • ⓑ 아니요, 캐나다 사람이에요.

7 미국 사람이에요? • • ⓒ 네, 학생이에요.

聽力

▸ 聽錄音中的對話，選擇珍的職業。 track 07

8 ⓐ 선생님 ⓑ 학생 ⓒ 의사 ⓓ 회사원

▸ 聽錄音中的對話，選擇仁浩的職業。 track 07

9 ⓐ 한국어 선생님 ⓑ 영어 선생님
ⓒ 중국어 선생님 ⓓ 일본어 선생님

閱讀

▸ 閱讀以下的對話後，選出適當的句子填在空白處。

10 A 톰 씨는 선생님이에요?
B 아니요.
A 그럼, (1) 회사원이에요?
B 네, 회사원이에요.
유미 씨는 무슨 일 해요?
A (2) 의사예요

(1) ⓐ 이름이 뭐예요?
ⓑ 회사원이에요?
ⓒ 미국 사람이에요?
ⓓ 어느 나라 사람이에요?

(2) ⓐ 의사예요.
ⓑ 일본 사람이에요.
ⓒ 네, 학생이에요.
ⓓ 아니요, 한국 사람이에요.

解答 p.275 和 p.276

韓國文化大不同

Q 為什麼韓國人在第一次見面的時候會詢問對方的年齡？

假如你是一位來自西方國家的人，當你遇到韓國人，對方在初次見面時就直接詢問你年齡，你一定會被嚇到。如果你不適應這種習慣，你也許會堅定地回答：「這不關你的事。」但是在韓國，這麼詢問的原因是：談話雙方需要根據年齡來決定說話的語氣和方式，一個人對另一個人說話的方式取決於對方年齡比他大還是比他小。

如果比你年長，你說話的時候需要使用敬語（으）세요。即使對方比你年輕，但是如果你們是第一次見面，你也應該使用敬語以示尊重。

如果你們的年齡和社會地位相近，並且你希望表現出你們的親近，你可以使用禮貌用語아／어요。這種禮貌用語常用於在市場購物，或在街上向別人問路的時候。

如果兩個人的關係非常親密，例如和你一起長大的夥伴、老同學，或對年幼的小孩、其他的弟弟妹妹們說話時，你可以使用「半語」（來自아／어요，去掉요）。「半語」表示你們非常親近，如果你和一位成年人交談，即使他比你年幼，你也只能在和對方交情很好或是得到了對方認同之後，才可以使用這種談話方式。現在，由於西方文化的影響，許多年輕人都不再確認彼此的年齡。不過在韓國的大部分地方，在和別人交談時仍然需要詢問對方的年齡。

Lesson 3 이게 뭐예요?

這是什麼？

- 이 / 그 / 저：「這／那／那」
- 疑問詞 무슨：「什麼」/ 누구：「誰／誰的」
- 主格助詞：이／가
- 所有格

이 / 그 / 저：「這／那／那」

和中文裡的「這」、「那」相似（如果讀者學過日文的話，語感更接近於日文），이, 그和저的使用要由物品相對於說話者和聽話者的位置，以及談話雙方是否能看到這個物品來決定。이和「這」相似，指的是離說話方近的物品。그和「那」相似，指的是物品靠近聽話方，但離說話方較遠的物品；그也可以指談話雙方看不到的事物。저也是和「那」相似，用來指距離談話雙方都很遠的事物。

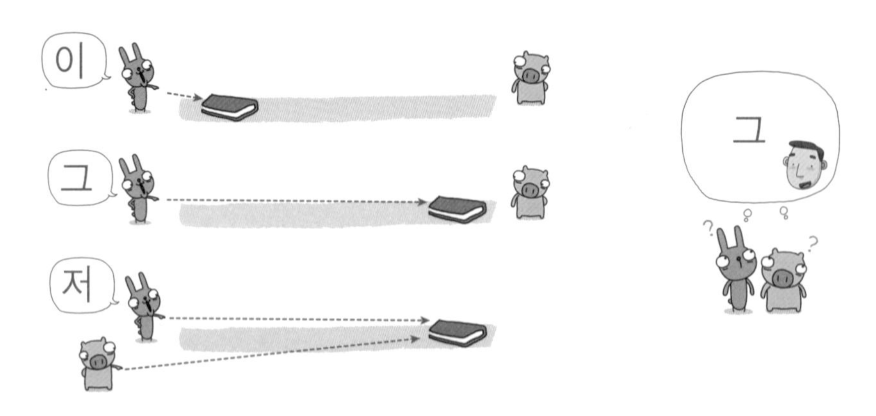

口語對話中，이것이 / 그것이 / 저것이「這個東西」／「那個東西」／「那個東西」的縮略表達方式是이게 / 그게 / 저게。

疑問詞 무슨：「哪一種」

詢問某件東西的詳情或特性的時候，可以使用疑問詞무슨，並在後面加上你想多瞭解的事物的名詞。

A	저게 무슨 영화예요?	那是一部什麼類型的電影？
B	코미디 영화예요.	那是一部喜劇片。

主格助詞 이 / 가

在韓文中，以助詞이／가來表示句子的主詞。

前面無終聲	前面有終聲
마크 씨가 미국 사람이에요. 馬克是美國人。	선생님이 한국 사람이에요. 老師是韓國人。

所有格

在韓文中，表達從屬關係時，先說所有人，再說所有的物品。

學生的課本 → 학생 책

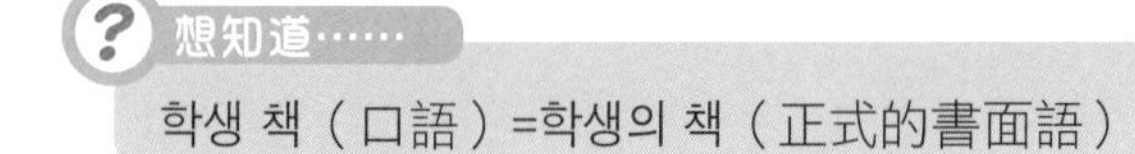
想知道……
학생 책（口語）=학생의 책（正式的書面語）

第一人稱中，「我」的所有格以제開頭，「我們」的所有格以우리開頭。

我的朋友 → 제 친구

我們的學校 → 우리 학교

疑問詞 누구：「誰／誰的」

疑問詞누구可以表示「誰」或「誰的」。詢問 「誰」的時候，疑問詞누구和예요同時使用。詢問某件物品屬於「誰的」的時候，在物品前面加上疑問詞누구。

제임스 씨가 누구예요? 詹姆士是誰？

이게 누구 가방이에요? 這是誰的書包？

對話 1 track 08

保羅　這是什麼？
吉娜　這是湯匙。
保羅　那麼，這是什麼？
吉娜　這是米飯。
保羅　那麼，那是什麼？
吉娜　那是水。

폴　이게 뭐예요?

지나　숟가락이에요.

폴　그럼, 이게 뭐예요?

지나　밥이에요.

폴　그럼, 저게 뭐예요?

지나　물이에요.

單字

이게 這、這個
숟가락 湯匙
밥 米飯，一頓飯
저게 那個
물 水

常用句

이게 뭐예요? 這是什麼？
저게 뭐예요? 那是什麼？

會話便利貼

★ 이게 뭐예요?「這是什麼」

許多熟悉英語的人會重讀뭐，就像他們在講英文時會重讀「什麼」一樣。但是在韓文中這樣重讀很奇怪，因為韓文裡所有的疑問句，句子結尾的語調都要稍微上揚。

★ 이게 / 그게 / 저게「這個／那個／那個」

這些辭彙通常以簡略形式出現。「이 / 그 / 저」加上名詞것（物品）和主格助詞이就變成了「이것이 / 그것이 / 저것이」，它們的縮略形式是이게 / 그게 / 저게。它們的意思相近，只是在強調所指的物體時稍有差異。

이게 뭐예요?	這是什麼？（非正式口語）	이건 뭐예요?	這是什麼？　（非正式口語）
=이것이 무엇입니까?	這個是什麼？（正式敬語）	=이것은 무엇입니까?	這個是什麼？　（正式敬語）

對話 2 track 08

理惠 這是什麼？
真洙 這是書。
理惠 這是什麼書？
真洙 這是韓文書。
理惠 這本韓文書是誰的？
真洙 這本韓文書是馬克的。
理惠 馬克是誰？
真洙 馬克是我的朋友。

리에 이게 뭐예요?

진수 책이에요.

리에 무슨 책이에요?

진수 한국어 책이에요.

리에 누구 거예요?

진수 마크 씨 거예요.

리에 마크 씨가 누구예요?

진수 제 친구예요.

單字

책 書
한국어 韓文
누구 誰／誰的
거 東西、事物
제 我的
친구 朋友

常用句

무슨 책이에요?
這是什麼書？
누구 거예요?
這是誰的東西？
마크 씨가 누구예요?
馬克是誰？
제 친구예요.
是我的朋友。

會話便利貼

★ 疑問詞무슨「什麼樣的」和어느「哪一個」

疑問詞무슨是用來詢問事物的特性，而어느則是用來要求別人在許多事物中做出選擇。

1 A 무슨 책이에요? 這是什麼書？
B 역사 책이에요. 這是一本歷史書。

2 A 어느 책이에요? 哪本書？
B 노란색 책이에요. 黃色那本書。

★ 누구 거예요?「這是誰的？」

詢問事物的所有權時，使用누구 거예요?和누구 책이에요?的意思相同。在這裡거替代了책。前者主要用於口語中，後者則較多用於書面語。

發音 track 08

● 책상 → [책쌍]

當終聲ㄱ, ㄷ, ㅂ後面緊跟著初聲ㄱ, ㄷ, ㅂ, ㅅ, ㅈ的時候，初聲的相應發音是[ㄲ, ㄸ, ㅃ, ㅆ, ㅉ]

(1) ㄱ → [ㄲ]　　숟가락 [숟까락]

(2) ㄷ → [ㄸ]　　먹다 [먹따]

(3) ㅂ → [ㅃ]　　어젯밤 [어젣빰]

(4) ㅅ → [ㅆ]　　통역사 [통역싸]

(5) ㅈ → [ㅉ]　　걱정 [걱쩡]

單字補充

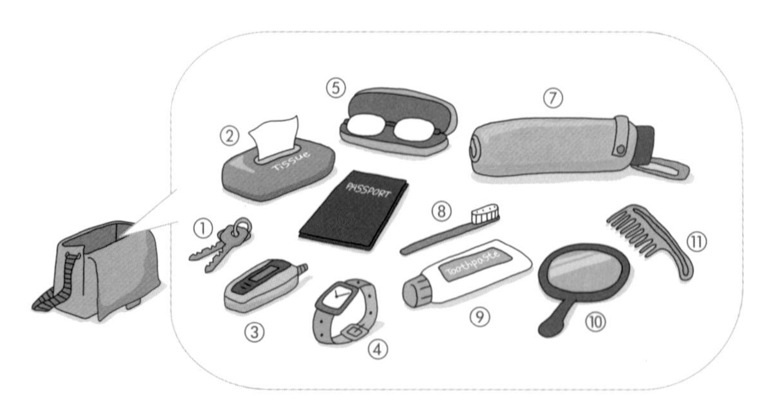

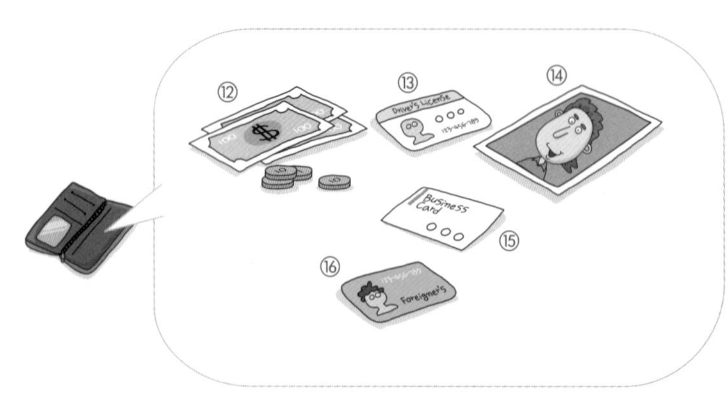

1 열쇠　鑰匙
2 휴지　衛生紙
3 핸드폰　手機
4 시계　手錶
5 안경　眼鏡
6 여권　護照
7 우산　雨傘
8 칫솔　牙刷
9 치약　牙膏
10 거울　鏡子
11 빗　梳子
12 돈　錢
13 운전면허증　駕駛執照
14 사진　照片
15 명함　名片
16 외국인등록증
外國人登錄證

實用短句

提問

A 這個用英文怎麼說？

A 這個用韓文怎麼說？

回答別人問題

A 不知道。

A 我明白了。

自我小測驗

文法

▸ 閱讀以下的句子後選出正確的答案。（1~4）

1 선생님（이 / 가） 한국 사람이에요.
2 사토루（이 / 가） 일본 사람이에요.
3 폴（이 / 가） 호주 사람이에요.
4 마크（이 / 가） 미국 사람이에요.

▸ 看圖完成對話。（5~6）

5 

마크

A 이분이 누구예요?
B ________ 씨예요.

6 

제인

A 이분이 누구예요?
B ____________ .

▸ 參考例句，看圖完成對話。（7~8）

Ex. A 이게 뭐예요?
B 열쇠예요.
A 누구 거예요?
B 폴 씨 거예요.

7 A 저게 뭐예요?
B (1) ____________ .
A 누구 거예요?
B (2) ________ 거예요.

8 A (1) ________ 뭐예요?
B 안경이에요.
A (2) ________ 거예요?
B 유웨이 씨 거예요.

聽力

▸ 聽錄音，看圖選出正確的答案。 track 08

9  ⓐ ⓑ ⓒ ⓓ

▸ 聽錄音裡唸出的選項，完成對話。 track 08

10 A 이게 뭐예요?

B ____________________

ⓐ ⓑ ⓒ ⓓ

閱讀

▸ 閱讀以下的對話後，選出適當的句子填在空白處。（11～12）

뭐예요?	누구예요?	누구 거예요?	무슨 일 해요?

10 A 이분이 (1) ___________.

B 제임스 씨예요.

A 제임스 씨는 (2) ___________

B 영어 선생님이에요.

11 A 이게 (1) ___________

B 여권이에요.

A (2) ______________

B 제임스 씨 거예요.

解答 p.276

韓國文化大不同

Q 你聽過우리 나라和우리 집這樣的說法嗎？

你也許曾注意到，韓國人常使用우리「我們、我們的」，像是：우리 나라（我們的國家），우리 회사（我們的公司），우리 집（我們的家），우리 남편（文學中，我們的丈夫），우리 엄마（我們的媽媽）等等。這並不意味著所有人對使用所有格的認知混亂，或人們共同擁有所有事物。

使用「我們的」這個詞強調了共有大於獨有。韓國人表達對事物的所有權時，為了強調緊密的關係，常會說「我們的」，而不說強調個體的「我的」。우리 나라 和우리 회사這樣的詞有意無意地加強了團結意識。在日常生活中，即使是一些瑣碎的事情，韓國人也較喜歡大家一起做，而不是由一個人單獨完成。就算只是稍微吃點東西或喝一杯咖啡，韓國人也不喜歡獨自一人。大家在一起的時候，韓國人會覺得更安全更快樂，並且認為，一起完成的活動能夠加深彼此的感情。這就是在韓國，你很少會看到一個人獨自在餐廳裡吃飯或飲酒的原因。

無論韓國人多麼喜歡使用「我們的」這個詞，這並不代表任何時候都可以使用它。有必要說明某一個人對某件物品的所有權時，就該使用「我的」這個詞。例如，當你說「我們的錢包」或「我們的手機」的時候，豈不是很奇怪嗎？

當然，一開始使用「我們的」這個詞彙時，你可能會感到不習慣，但是就如同吃辛辣的韓國泡菜一樣，習慣了你就會適應了。

Lesson 4 화장실이 어디에 있어요?

洗手間在哪裡？

- 있어요 / 없어요：「有～」／「沒有～」
- 表示地點的助詞：에
- 疑問詞 어디：「哪裡？」
- 地點、場所

關鍵句型和文法

● 있어요 / 없어요：「有～」／「沒有～」

某事物存在時，使用있어요；不存在的時候，使用없어요。其句型為將主格助詞이 / 가放在存在（不存在）的名詞後面，然後加上있어요 / 없어요。

의자가 있어요.	有椅子。
의자가 없어요..	沒有椅子。

● 表示地點的助詞：에

將助詞에放在名詞的後面，用來表示特殊的位置。

폴이 공원에 있어요.	保羅在公園裡。
= 공원에 폴이 있어요.	

東西沒有硬性規定一定要擺在所在地的前面，如同上面的例句一樣，位置可以互換。但是，있어요 / 없어요永遠出現在句尾。

● 疑問詞어디：「哪裡」

使用疑問詞어디，之後接表示地點的助詞에和動詞있어요，這個句型用於詢問某物存在的地方。

A　선생님이 어디에 있어요?	老師在哪裡？
B　(선생님이) 학교에 있어요.	(老師）在學校裡。

地點

책상 위에

在書桌上面

책상 아래에

在書桌下面

의자 앞에

在椅子前面

의자 뒤에

在椅子後面

시계 옆에

在時鐘旁邊

컵 오른쪽에

在杯子的右邊

컵 왼쪽에

在杯子的左邊

컵하고 시계 사이에

在杯子和時鐘之間

냉장고 밖에

在冰箱的外面

냉장고 안에

在冰箱的裡面

注意

在大部分的地點介系詞前使用제，但是저要和하고同時使用。

의자가 제 앞에 있어요.
椅子在我的前面。

의자가 제 오른쪽에 있어요.
椅子在我的右邊。

의자가 저하고 책상 사이에 있어요.
椅子在桌子和我之間。

對話 1 track 09

保羅　打擾一下，請問這附近有洗手間嗎？
梅　是，有的。
保羅　在哪裡呢？
梅　就在那邊，自動販賣機旁。
保羅　謝謝。
梅　不客氣。

폴　저, 이 근처에 화장실 있어요?

메이　네, 있어요.

폴　어디에 있어요?

메이　저기 자판기 옆에 있어요.

폴　감사합니다.

메이　네.

單字

이 근처에 在這附近
화장실 洗手間
~ 있어요 有…
어디에 在哪裡
저기 那邊
자판기 自動販賣機
~ 옆에 在…旁邊

常用句

저 打擾一下
이 근처에 ~ 있어요?
在這附近有…嗎？
어디에 있어요? 在哪裡？
감사합니다. 謝謝。
네. 不客氣。

會話便利貼

★ 저「打擾一下」

저是一種禮貌用語，在向別人詢問某事之前，用來引起別人的注意。陌生人在你旁邊的時候，你可以使用這個短句。說出저之後，適當停頓一下，以便引起對方的注意，然後你就可以開始談話了。저기요也是這麼使用。

★ 네「不客氣」

很多方式可以表達「謝謝」和「不客氣」，但要取決於說話的場景。네常用於對陌生人感謝的回應，或用在正式的場合以示禮貌。

對話 2 track 09

幼珍 馬克，你家在哪裡？
馬克 我家在新村。
幼珍 在新村的哪裡？
馬克 你知道新村藥局嗎？
幼珍 不，我不知道。
馬克 那麼你知道新村百貨公司嗎？
幼珍 是的，我知道。
馬克 我家就在新村百貨公司的後面。

유진 마크 씨, 집이 어디에 있어요?

마크 신촌에 있어요.

유진 신촌 어디에 있어요?

마크 신촌 약국 알아요?

유진 아니요, 몰라요.

마크 그럼, 신촌 백화점 알아요?

유진 네, 알아요.

마크 신촌 백화점 바로 뒤에 있어요.

單字

집 家、房子
신촌 新村（首爾的一個鬧區）
약국 藥局
알아요 知道
몰라요 不知道
백화점 百貨公司
바로 恰好，剛剛好
~뒤에 在…的後面

常用句

~알아요? 你知道…嗎？
신촌 어디에 있어요?
在新村的哪裡？
~바로 뒤에 있어요.
剛好就在…的後面。

會話便利貼

★ 신촌 어디에 있어요? **「在新村的哪裡？」**
當你想要詢問一個更具體的方位時，可使用這個句型。在要詢問的地點後面加上어디에 있어요?

★ 바로 **「剛好，恰好，準確地說，嚴格地說」**
表示強調時使用；將바로放在你想要強調的詞前面。

發音 track 09

● 없어요 → [업써요]

當終聲為複合子音時（例如없），如果此複合子音右邊的子音是ㅅ，並且後面緊接母音時（例如없어요），這個ㅅ就要與下一個音節連音，並唸成雙子音[ㅆ]，所以없어요的發音就是[업써요]。

⑴ 값이 → [갑씨]

⑵ 몫이에요 → [목씨에요]

單字補充

1 집	家、房子
2 편의점	便利商店
3 은행	銀行
4 병원	醫院
5 약국	藥局
6 학교	學校
7 극장	電影院
8 백화점	百貨公司
9 식당	餐廳
회사	公司
가게	商店
시장	市場
주차장	停車場
주유소	加油站
대사관	大使館
공항	機場
공원	公園
서점	書店
우체국	郵局
커피숍	咖啡店

實用短句

在韓文中，同樣的事物可以有不同的表達方式，這要由說話的場合以及交談的對象來決定。

表達謝意

A　謝謝。
B　別客氣。
這種表達方式用於和年長的人談話，或正式的場合中。
例如：客戶、長輩、陌生人。

A　謝謝。
B　不謝。
這種表達方式用於兩個相互認識，或不是非常正式的場合之中。
例如：很熟的同事之間。

A　謝謝。
B　沒什麼。
這種表達方式用在兩個私交甚好的人之間，或非正式的場合中。
例如：一起長大的同伴、同學。

自我小測驗

文法

▸ 看圖回答問題。（1～4）

1 A 폴 씨가 어디에 있어요?
  B ________ 에 있어요.

2 A 앤 씨가 어디에 있어요?
  B ____________ 에 있어요.

1 A 인호 씨가 어디에 있어요?
  B ____________________ .

2 A 리에 씨가 어디에 있어요?
  B ____________________ .

▸ 閱讀以下的對話後，完成對話中的空白。（5～6）

5 A 마크 씨가 ________ 있어요?
  B 공원에 있어요.

6 A 제인 씨가 ____________ ?
  B 병원에 있어요.

▸ 看圖在空白處填入正確的答案。（7～9）

7 A 시계가 어디에 있어요?
  B 책상 ________ 에 있어요.

8 A 책이 어디에 있어요?
  B 안경 ________ 에 있어요.

9 A 안경이 어디에 있어요?
  B 책하고 시계 ________ 에 있어요.

聽力

▸ 看圖，從錄音中提供的內容選出正確的答案。 track 09

10 ⓐ ⓑ ⓒ ⓓ

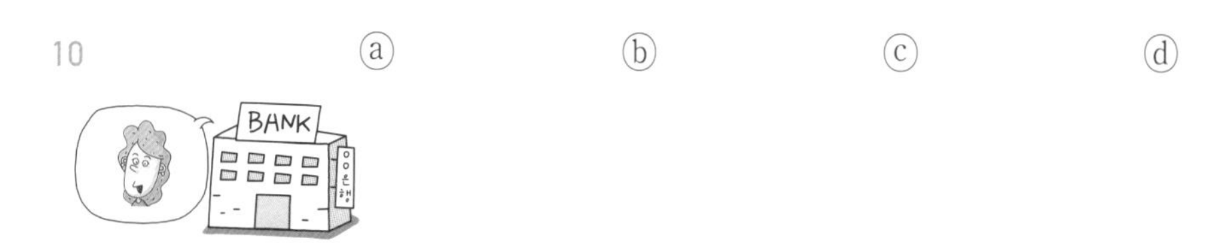

▸ 聽錄音中的對話，選出下列問題的正確答案。 track 09

11 책이 어디에 있어요?

閱讀

▸ 閱讀以下的內容，在地圖上標明保羅家的位置。

폴 씨 집 근처에 빌딩이 많이 있어요. 폴 씨 집 옆에 식당이 있어요.
폴 씨 집 앞에 병원이 있어요. 폴 씨 집 오른쪽에 편의점이 있어요.
그런데 폴 씨 집 옆에 은행이 없어요.

12 폴 씨 집이 어디에 있어요?

韓國文化大不同

광화문　光化門

대학로　大學路

강남역　江南站

Q　首爾有哪些地方值得參觀？

首爾是韓國的首都，大約有超過全國人口20%的人居住在此，而它各式各樣的景致也和人口一樣眾多。如果你喜歡逛街，可不要錯過南大門市場、 東大門市場和明洞。南大門市場的風格比較傳統，在這裡，你可以享受討價還價的樂趣；而在東大門市場和明洞，你可以和年輕人一起追求最新潮的商品。首爾擁有適合各種年齡層和不同需求的各類場所，新村價廉物美的食物和娛樂場所聚集著大學生們，音樂迷通常會在弘益大學附近聆聽最流行的樂團，愛好時尚流行的人們，則會為了高級設計師和品牌咖啡而光顧狎鷗亭的高檔商店和咖啡廳，而肚子餓了的人們，不分年齡和信仰，都會跑去江南車站旁的餐廳用餐。至於文化方面的地標，到老城光化門的中心看看吧，那裡是許多文化活動以及2002年世界盃足球賽時，球迷們聚會的著名場所。在光化門的附近，你可以欣賞到朝鮮王朝的美麗宮殿景福宮。如果你想探索韓國傳統工藝、住家和餐廳，仁寺洞可以滿足你的所有要求，在那裡你可以歇歇腳，品嘗一杯薑茶。夜晚的時候，在南山塔附近登高遠眺，你可以看到整個城市驚人的美景，不要錯過！

Lesson 5 한국 친구 있어요?

你有韓國朋友嗎？

- 있어요 / 없어요：「有～／沒有～」
- 純韓文數字
- 量詞
- 疑問詞 몇：「多少」

關鍵句型和文法

● 있어요 / 없어요：「有～／沒有～」

在上一章中，我們學到있어요／없어요表示事物的存在。在這一章裡，我們要學習用있어요／없어요來表達某人擁有什麼東西的意思。

> **想知道……**
> 在韓文中，如果使用動詞있어요 / 없어요，這些被擁有的物品必須要伴隨助詞이 / 가。

마크가 집이 있어요.　　馬克有房子。
마크가 자동차가 없어요.　　馬克沒有汽車。

● 純韓文數字

韓文的數字有兩種體系：一種是純韓文，另一種是漢字音。韓國人在計數的時候，使用純韓文。

1 하나	11 열하나	30 서른
2 둘	12 열둘	40 마흔
3 셋	13 열셋	50 쉰
4 넷	14 열넷	60 예순
5 다섯	15 열다섯	70 일흔
6 여섯	16 열여섯	80 여든
7 일곱	17 열일곱	90 아흔
8 여덟	18 열여덟	100 백
9 아홉	19 열아홉	
10 열	20 스물	

量詞

附錄 p.264

數東西的數量或人數的時候，把要數的事物名詞放在前面，然後是純韓文數字，接下來才是量詞（即中文的「個、本、件」等……）。被數的事物變換了，量詞也隨之變化。

五個杯子 → 컵 5（다섯）개

量詞前面的純韓文數字，在 1～4 和 20 有一些細微變化。

兩個時鐘 → 시계 2（두）개

하나	→	한 개
둘	→	두 개
셋	→	세 개
넷	→	네 개
다섯	→	다섯 개
⋮		⋮
스물	→	스무 개

疑問詞몇：「幾」

몇是用來提問物品數量的疑問詞，表示「幾」的意思。在疑問詞몇後面和動詞的前面，需要使用適當的量詞。

A 표가 몇 장 있어요? 你有幾張票？

B (표가) 두 장 있어요. 我有兩張票。

對話 1 track 10

真洙　你有韓國朋友嗎？
珍　是的，我有。
真洙　你有幾個韓國朋友？
珍　十個左右。
真洙　喔，是嗎？那麼，你也有中國朋友嗎？
珍　不，我沒有。

진수　한국 친구 있어요?

제인　네, 있어요.

진수　몇 명 있어요?

제인　열 명쯤 있어요.

진수　그래요? 그럼, 중국 친구도 있어요?

제인　아니요, 없어요.

單字

한국 친구 韓國朋友
있어요 有…
몇 幾
명 名（表人數的量詞）
열 十
쯤 大約
중국 中國
중국 친구 中國朋友
도 也
없어요 沒有…

常用句

（한국 친구가）몇 명 있어요?
你有多少個（韓國朋友）？

會話便利貼

★ 쯤「大約、大概、差不多」
粗略估算數字時使用。

★ 도「也」
如果兩個主詞之間有共同性，那麼在一個主詞名詞的後面使用도。도替代了主格助詞이 / 가。

A　한국 친구가 10명쯤 있어요.　我大約有十個韓國朋友
B　그럼, 중국 친구<u>도</u> 있어요?　那麼，你<u>也</u>有中國朋友嗎？

對話 2 track 10

理惠 馬克，你有弟弟（妹妹）嗎？
馬克 是的，我有弟弟（妹妹）。
理惠 你有幾個弟弟（妹妹）？
馬克 我有兩個弟弟（妹妹）。
理惠 那麼，你有哥哥嗎？
馬克 不，我沒有哥哥。
理惠 那麼，你們家總共有幾個人？
馬克 爸媽，我，還有兩個弟弟（妹妹），共有五個人。

리에 마크 씨, 동생 있어요?
마크 네, 있어요.
리에 동생이 몇 명 있어요?
마크 두 명 있어요.
리에 그럼, 형도 있어요?
마크 아니요, 없어요.
리에 그럼, 가족이 모두 몇 명이에요?
마크 부모님하고 저하고 동생 두 명, 모두 다섯 명이에요.

單字

동생 弟弟或妹妹
두 兩個
형 哥哥（男性稱）
가족 家人
모두 總共、總計
부모님 父母
하고 和
다섯 五

常用句

동생이 몇 명 있어요?
你有幾個弟弟（妹妹）？
가족이 모두 몇 명이에요?
你們家共有幾個人？

會話便利貼

★ 가족이 몇 명이에요?「**你們家共有幾個人？**」
這個句子和가족이 몇 명 있어요?的意思一樣，都是用來詢問家庭成員的數量。不過가족이 몇 명이에요?的表現方式更為自然。

★ ~하고~「**（名詞）和（名詞）**」
하고用來連接兩個名詞，放在名詞之間。注意，它不能用來連接動詞和句子。

아버지하고 어머니 爸爸和媽媽

發音 track 10

● 몇 개 → [면 깨], 몇 명 → [면 명]

單獨唸몇的時候，其發音讀做[멷]，在遇到如下情況時，會出現一些發音上的變化。

Ⅰ. 몇的終聲ㅊ發[ㄷ]，但是當後面緊接的初聲為ㅁ時，ㅊ要讀成 [ㄴ]（見 Lesson 2）。

몇 마리 → [면마리], 몇 마디 → [면마디]

Ⅱ. 몇的終聲ㅊ發[ㄷ]，當後面緊接的初聲為ㄱ時，初聲ㄱ要讀成[ㄲ]（請參照 Lesson 3，相同情況下其他子音ㄷ, ㅂ, ㅅ, ㅈ的發音例子）

몇 살 → [멷쌀], 몇 잔 → [멷짠]

單字補充

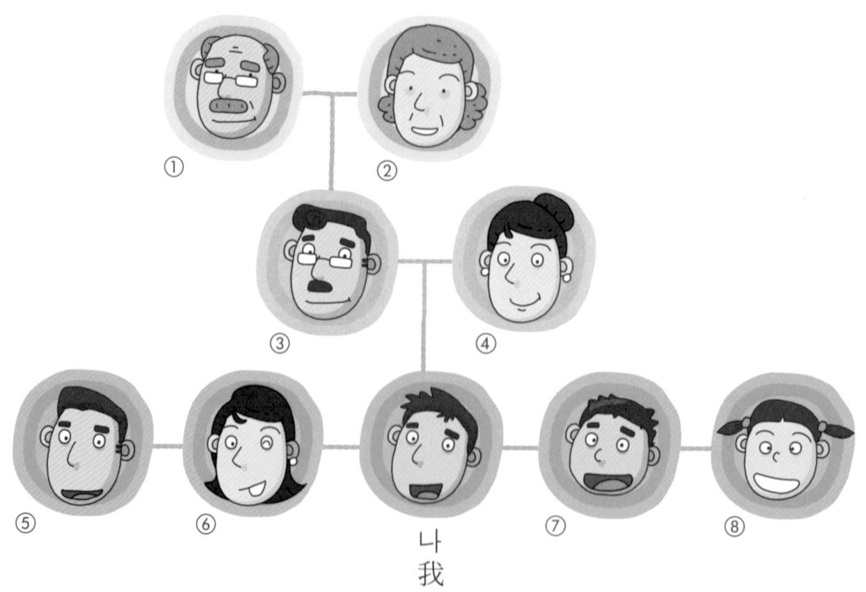

1 할아버지	祖父	오빠	哥哥（女性稱）	이모	阿姨
2 할머니	祖母	언니	姐姐（女性稱）	고모	姑姑
3 아버지	爸爸	남편	丈夫	외삼촌	舅舅
4 어머니	媽媽	부인	對他人妻子的敬稱	삼촌	伯伯、叔叔
5 형	哥哥（男性稱）	아내	我的妻子	친척	親戚
6 누나	姐姐（男性稱）	아들	兒子		
7 남동생	弟弟	딸	女兒		
8 여동생	妹妹	사촌	堂兄弟、堂姐妹		

實用短句

接待客人

A　我能進來嗎？
B　是的，請進。

A　請坐在這邊。
B　好的，謝謝你。

A　您想喝點咖啡嗎？
B　好的，謝謝你。

※在別人提供飲品給你時。
A　뭐 드시겠어요？「您想喝點什麼？」
B　녹차 주세요.「請給我綠茶。」

A 커피 잘 마셨어요.
B 또 오세요.

A　謝謝你的咖啡。
B　歡迎下次再來。

自我小測驗

文法

▸ 看圖回答問題。（1～3）

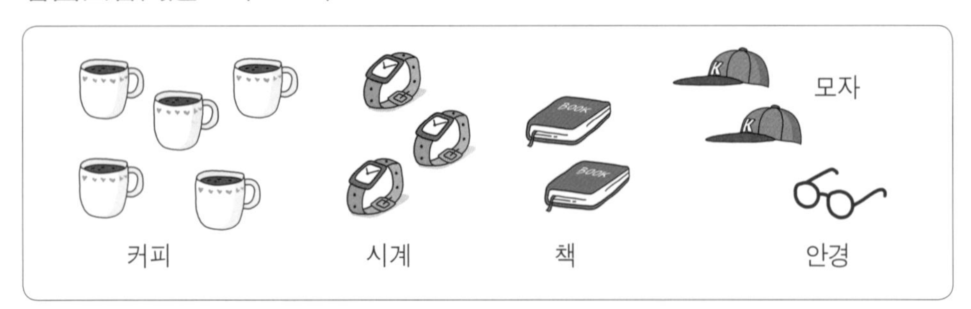

1 있어요? 없어요?

(1) 모자가 (있어요. / 없어요.)
(2) 가방이 (있어요. / 없어요.)
(3) 안경이 (있어요. / 없어요.)
(4) 휴지가 (있어요. / 없어요.)

Ex. A 시계가 몇 개 있어요?
B ___세___ 개 있어요.

2 A 책이 몇 권 있어요?
B ________ 권 있어요..

3 A 커피가 몇 잔 있어요?
B ________ 있어요.

▸ 看圖完成對話。（4～5）

4

A 우산 (1) ________ ?
B 네, 있어요.
A 우산이 (2) ________ 있어요?
B 한 개 있어요.

5

A 한국 친구 (1) ________ ?
B 네, 있어요.
A 한국 친구가 (2) ________ ?
B 두 명 있어요.

聽力

▸ 聽錄音，在空格處填入每件物品的數量。（6～9）track 10

Ex. A 의자가 ___3___ 개 있어요

6 가족이 ______ 명 있어요.

7 가방이 ______ 개 있어요.

8 표가 ______ 장 있어요.

9 책이 ______ 권 있어요.

▸ 聽錄音，下列哪一項物品不在手提包裡？track 10

10 ⓐ 안경 ⓑ 우산 ⓒ 지갑 ⓓ 휴지

閱讀

▸ 閱讀以下的內容後，在表格中填入正確的數字。

10 제인은 친구가 몇 명 있어요?

저는 친구가 열 명 있어요.
한국 친구가 네 명, 미국 친구가 세 명, 캐나다 친구가 한 명,
일본 친구가 두 명이 있어요.
그런데 영국 친구가 없어요. 중국 친구도 없어요.

한국 친구	일본 친구	중국 친구	미국 친구	영국 친구	캐나다 친구
___4___ 명	(1)___2___ 명	(2)___0___ 명	(3)___3___ 명	(4)___0___ 명	(5)___1___ 명

解答 p.276 和 p.277

韓國文化大不同

Q 為什麼人們用像할아버지這樣的家人頭銜稱呼外人？

學外文時只擔心無法開口說是遠遠不夠的，在韓文裡，你還要為如何稱呼別人傷腦筋。作為一名外國人，只要你不一再地犯一些稱呼上的小錯誤，韓國人會原諒你的！在韓國，你絕對不能直接稱呼比你年長的人的名字。事實上，你必須用適當的家庭成員的稱謂來稱呼他們。

不管家庭成員之間的關係多麼親密，稱呼家裡的長輩時都要使用敬語。如果你是女性，那麼你要用언니稱呼姐姐，用오빠稱呼哥哥。如果你是男性，那麼你要用누나稱呼姐姐，用형稱呼哥哥。不過十分有趣的是，這些家裡的稱謂也可以用來稱呼外人。按照孔子的儒家思想，家庭就是社會的縮影，所以用家裡人的稱謂來稱呼外人也表示了社會關係。在中文裡，你可以把任何人稱作「朋友」，但是在韓文裡，친구「朋友」只能指和你同齡的人。年長的朋友（即便只比你大一歲）也不是친구，而是언니、오빠、누나或형（這要由你和你朋友的性別來決定）。

在大街上，你可以稱呼你遇到七八十歲的老年人為할아버지或할머니。儘管아줌마和아저씨本來是只用在家裡的稱謂，現在，它們也用來稱呼許多日常生活中遇到的四五十歲的人，例如計程車司機或商店的老闆。但是在使用它們時要謹慎，這兩個稱謂會帶給人一種親近的感覺，如果誤用，聽的人會感到不舒服。例如，如果你稱呼一位看起來三十歲左右的女子為아줌마，你可能會遭受白眼對待。這和在台灣，你稱呼年輕女生為「歐巴桑」一樣！現在你可以理解，為什麼韓國人在結識別人時，一開始就會詢問「你今年幾歲」了吧？

Lesson 6 전화번호가 몇 번이에요?

你的電話號碼是幾號？

- 漢字音數字
- 電話號碼的唸法
- 疑問詞 몇 번：「幾號」
- 이 / 가 아니에요：「不是～（名詞）」
- 漢字音數字的唸法

漢字音數字

儘管平常計數的時候使用純韓文數字，但是數數的時候還是會使用漢字音。

1	2	3	4	5	6	7	8	9	10
일	이	삼	사	오	육	칠	팔	구	십

電話號碼的唸法

用漢字音數字來告訴別人你的電話號碼。和中文一樣，韓文往往也要單獨的讀出每一個數字。「零」讀做공，破折號讀做에。

0	1	0	-	7	2	9	-	8	5	3	4
공	일	공	에	칠	이	구	에	팔	오	삼	사

疑問詞 몇 번：「幾號」

疑問詞몇 번用來詢問數字，但它不是指數量，而是指號碼（例如：駕照號碼，票券號碼，停車位的號碼）

A 집 전화번호가 몇 번이에요?　　你家的電話是幾號？

B 635-4278이에요.　　我家的電話號碼是635-4278。

이 / 가 아니에요：「不是～（名詞）」

當你要否定一個名詞的時候，在這個名詞的後面加上助詞이 / 가。看看以下的例句，這些例句的主詞（保羅）帶有表示主題的補助詞은 / 는，這種情況下，句子的主詞通常都會被省略。

前面無終聲	前面有終聲
(폴은) 친구가 아니에요. （保羅）不是朋友。	(폴은) 선생님이 아니에요. （保羅）不是老師。

漢字音數字的唸法

千	百	十	
천	백	십	
		6	7
		육십	칠
	1	2	9
	백	이십	구
5	3	8	4
오천	삼백	팔십	사

注意

在韓文中，如果「一」是數字中的第一個阿拉伯數字，例如：「一百」，「一千」等等的「一」是不發音的。

백 이십 구 (o) 一百二十九
일백 이십 구 (x)

對話 1 track 11

小智 你知道保羅的電話號碼嗎？
吉娜 我知道。
小智 保羅的電話是幾號？
吉娜 等一下，他的號碼是010-728-9135。
小智 010-728-9135對嗎？
吉娜 是的，沒錯
小智 謝謝。
吉娜 不客氣。

사토루 혹시 폴 씨 전화번호 알아요?

지나 네, 알아요.

사토루 폴 씨 전화번호가 몇 번이에요?

지나 잠깐만요. 010-728-9135예요.

사토루 010-728-9135 맞아요?

지나 네, 맞아요.

사토루 고마워요.

지나 아니에요.

單字

혹시 或許
전화번호 電話號碼
몇 번 幾號

常用句

혹시 ~ 알아요?
你知道…嗎？
전화번호가 몇 번이에요?
你的電話是幾號？
잠깐만요.
等一下。
고마워요.
謝謝。
아니에요.
不客氣。

會話便利貼

★ 혹시 或許

這是一個放在問句句首的副詞，用來表示一種揣測。在直述句中使用아마來表示推測。

A 혹시 앤 씨 전화번호를 알아요? 或許你知道安的電話號碼吧？
B 아마 마크 씨가 알 거예요. 馬克可能知道她的電話號碼。
（我們會在Lesson 15中學到未來式）

★ 고마워요.「謝謝。」

在非正式的場合和日常生活中，可以使用這種非正式的說法來表達謝意。

對話 2 track 11

幼珍　保羅，或許你知道馬克家裡的電話號碼吧？
保羅　不，我不知道。不過我知道他公司的電話號碼。
幼珍　馬克公司的電話號碼是幾號？
保羅　等一下，他的號碼是694-7143。
幼珍　是694-7243對嗎？
保羅　不對，不是7243，是7143。
幼珍　謝謝你。

유진　폴 씨, 혹시 마크 씨 집 전화번호 알아요?

폴　아니요, 몰라요.

그런데 회사 전화번호는 알아요.

유진　마크 씨 회사 전화번호가 몇 번이에요?

폴　잠깐만요. 694－7143이에요.

유진　694－7243 맞아요?

폴　아니요. 7243이 아니에요. 7143이에요.

유진　감사합니다.

單字

그런데 但是，不過，可是

회사 公司

常用句

7243이 아니에요.
不是7243。

會話便利貼

★ **用於對比的助詞은 / 는**

助詞은 / 는的另一個作用就是進行比較，或強調兩者之間的差異。例如，說話者並不知道某人家的電話號碼，但是他知道他的手機號碼：

A　집 전화번호 알아요?　你知道他家裡的電話號碼嗎?

B　아니요, 그런데 핸드폰 번호는 알아요.　不知道，不過我知道他的手機號碼。

發音 track 11

● 잠깐만요 → [잠깐만뇨]

以合成語來說，當終聲ㄴ、ㅁ的後面緊跟著이,야,여,요,유時，必須在이,야,여,요,유的初聲添加[ㄴ]，成為[니,냐,녀,뇨,뉴]

(1) 그럼요 → [그럼뇨]
(2) 무슨 일→ [무슨닐]

上面的例子就韓國的「標準語發音法」來說，잠깐만요應唸作[잠깐만뇨]，그럼요應唸作[그러묘]，무슨 일應唸作[무스닐]，但在現實生活中，是以在「잠깐만+요」、「그럼＋요」、「무슨＋일」的型態之上添加「ㄴ」的方式來唸，所以才會被唸成 [잠깐만뇨]、 [그럼뇨]、 [무슨닐]。

單字補充

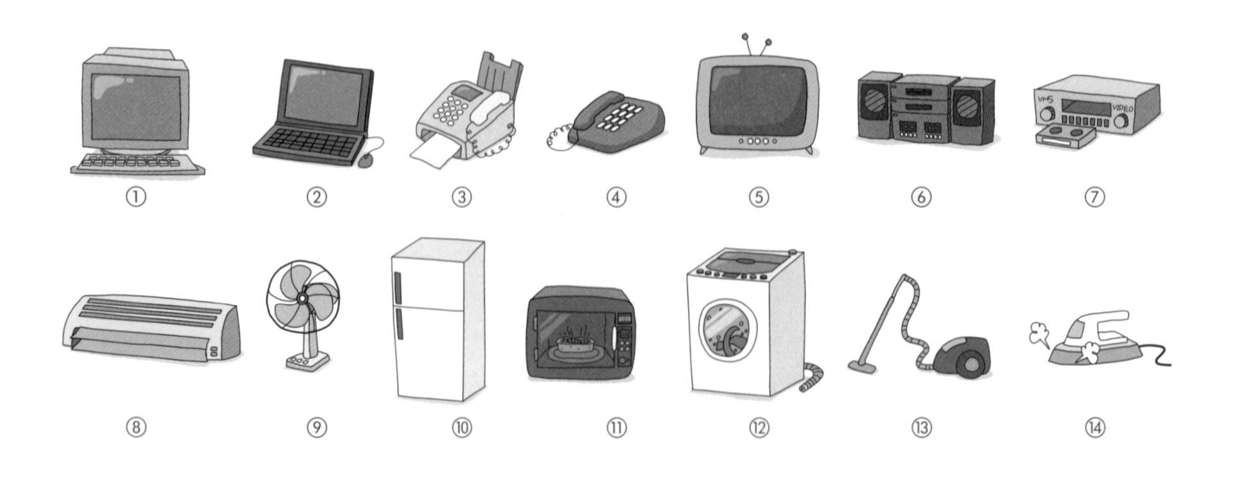

1 컴퓨터 電腦
2 노트북 筆記型電腦
3 팩스 傳真機
4 전화(기) 電話
5 텔레비전 電視
6 오디오 音響
7 비디오 錄影機
8 에어컨 空調
9 선풍기 電風扇
10 냉장고 電冰箱
11 전자레인지 微波爐
12 세탁기 洗衣機
13 청소기 吸塵器
14 다리미 電熨斗

實用短句

電話用語

A　喂。
B　喂。
這是剛接通電話時的問候用語

※結束電話的禮貌用語：안녕히 계세요.「再見。」

A　麻煩請馬克聽電話。
B　好的，請稍等。
這是打電話找某人時的用法。

A　麻煩請馬克聽電話。
B　他現在不在這裡。
對方要找的人不在時的用法。

※如果你不知道是誰打來的電話，你可以說실례지만, 누구세요?「對不起，請問您是哪位？」

A　麻煩請湯姆聽電話。
B　你打錯電話了。
別人打錯電話時的用法。

自我小測驗

文法

▸ 參考例句，寫出以下的電話號碼。（1～2）

전화번호가 몇 번이에요?

Ex.

542-3068 → 오사이에 삼공육팔이에요.

1

734-5842 → ____________________

2

010-238-9267 → ____________________

▸ 看圖，在空白處填上正確的答案。（3～4）

3

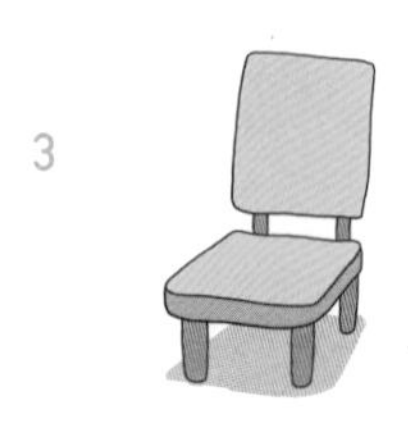

A 이게 책상이에요?

B 아니요, 책상 ________ 아니에요. 의자예요.

4

A 이게 시계예요?

B 아니요, ____________________ . 가방이에요.

▸ 閱讀以下的句子，選出正確的助詞。（5～6）

5 전화가 있어요. 텔레비전이 있어요. 그런데 컴퓨터(은 / 는) 없어요.

6 가방이 있어요. 책이 있어요. 그런데 지갑(은 / 는) 없어요.

聽力

▸ 聽錄音中的對話，根據問題選出正確的答案。（7～8）track 11

7 
병원 전화번호가 몇 번이에요?

ⓐ 794-5269예요.
ⓑ 794-5239예요.
ⓒ 784-5269예요.

8 유진 씨 핸드폰 번호가 몇 번이에요?

ⓐ 010-453-6027이에요.
ⓑ 010-452-6027이에요.
ⓒ 010-453-8027이에요.

▸ 聽錄音中的對話，以下哪一項是正確的？track 11

9 ⓐ 폴이 핸드폰이 없어요.
ⓑ 폴이 제인 씨 집을 알아요.
ⓒ 폴이 제인 씨 집 전화번호를 알아요.
ⓓ 폴이 제인 씨 핸드폰 번호를 알아요.

閱讀

▸ 仔細閱讀以下的對話後，在空白處填入適當的句子。

10 A 혹시 제임스 씨 집 전화번호 알아요?
B 아니요, (1) ____________
A 그럼, 제임스 씨 사무실 전화번호 알아요?
B 네, 사무실 전화번호는 알아요.
A 전화번호가 (2) ____________
B 495-0342예요.

(1) ⓐ 알아요.
ⓑ 몰라요.
ⓒ 있어요.

(2) ⓐ 몇 개 있어요?
ⓑ 몇 번 있어요?
ⓒ 몇 번이에요?

解答 p.277

韓國文化大不同

Q 為什麼韓國人說自己的年齡要比實際年齡大一到兩歲？

和前面幾課所談到的一樣，年齡對於韓國人來說非常重要。在韓國，年齡在某個程度上決定了人的社會地位，並且影響著和別人交流的方式。這就是韓國人在計算年齡的時候和西方國家的方式不同的原因。

首先，韓國人把嬰兒在媽媽子宮裡的時間也算進年齡裡面，因此剛生下來的嬰兒就算一歲了，這有點像臺灣「虛歲」的算法。還有，韓國人和西方人計算生日的方式也不一樣。

再者，按照韓國的傳統慣例，在農曆新年的第一天早晨開始時，每個人都要喝떡국（年糕湯），這樣就把一歲給吃掉了（韓國人說한 살을 먹다）。所以，不管你實際的生日是哪一天，在韓國，即使是生日未到，但隨著新年的到來，你的年齡就算長了一歲。因此，從一年的角度來說，韓國人的年齡都要比西方人的計算方式大一到兩歲。

例如：如果一個孩子十二月出生，他來到這個世界上的時候就是一歲，然而到一月份的時候他就變成了兩歲。在韓國，如果為了正式的目的需要某人寫下他的年齡，他既可以寫下他的出生日期（年／月／日），也可以按照西方人的計算方式寫下自己的年齡，並且在後面添加單字만。一些想讓自己「小一兩歲」的韓國人會願意一直使用在年齡後面加만的計算方法。

Lesson 7 생일이 며칠이에요?

你的生日是哪天？

- 日期（年／月／日）的唸法
- 疑問詞 언제：「什麼時候」／며칠：「哪一天」
- ~요일：星期～
- 表示時間的助詞：에

關鍵句型和文法

日期（年／月／日）的唸法

韓文的日期要依照從大到小的順序，用漢字音來唸：先讀年，然後是月份，最後才是日。

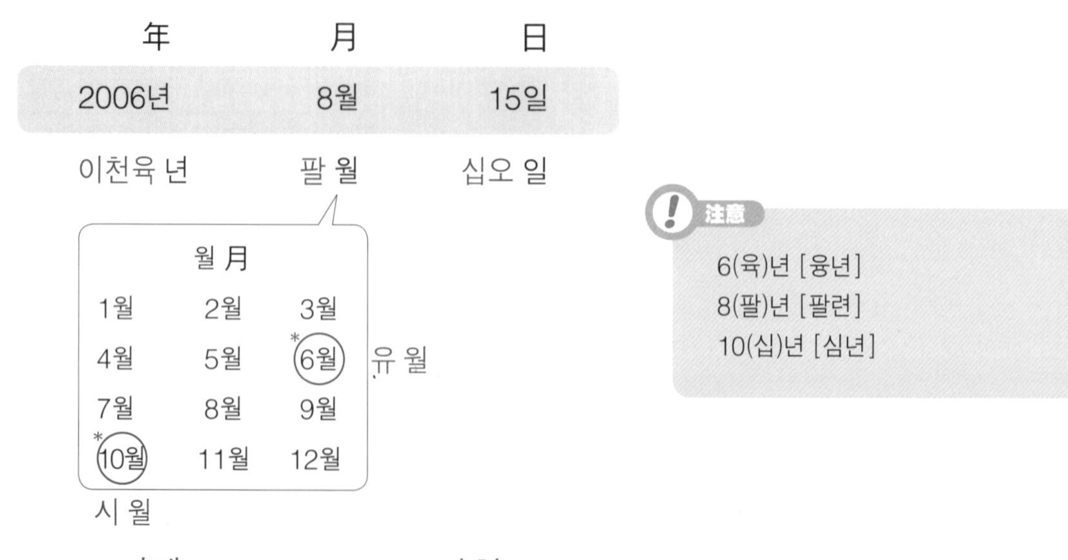

年	月	日
2006년	8월	15일
이천육 년	팔 월	십오 일

월 月

1월	2월	3월
4월	5월	*6월 유 월
7월	8월	9월
*10월 시 월	11월	12월

注意

6(육)년 [융년]
8(팔)년 [팔련]
10(십)년 [심년]

疑問詞 언제：「什麼時候」和 며칠：「哪一天」

附錄 p.264

詢問某事件即將發生或發生過的時間點，使用언제。但是，如果要詢問具體的日期，則使用며칠。

1 A 생일이 언제예요? 你的生日在什麼時候？
  B 3월 17일이에요. 三月十七日。

2 A 한글날이 며칠이에요? 韓文日是在哪一天？
  B 10월 9일이에요. 十月九日。

注意

詢問今天日期的說法

오늘이 며칠이에요? (o)
오늘이 언제예요? (x)

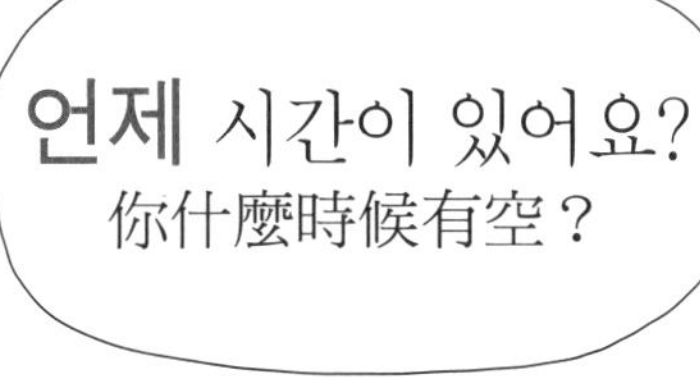

토요일에 시간이 있어요?
我星期六有空。

● ~요일：星期~

월요일	화요일	수요일	목요일	금요일	토요일	일요일
星期一	星期二	星期三	星期四	星期五	星期六	星期天

星期幾都是放在日期的最後來說。例如：2006년 8월 15일 월요일

A 오늘이 무슨 요일이에요? 今天是星期幾？

B 토요일이에요. 今天是星期六。

● 表示時間的助詞：에

在韓文中，表示時間的詞彙會與助詞에搭配使用，這個助詞放在時間的後面。

A 언제 태권도 수업이 있어요? 你什麼時候有跆拳道課？

B 토요일에 있어요. 在星期六。

一個句子中只使用一次助詞 에，並且把它放在最小的時間單位後面。

A 다음 달 15일 저녁에 시간 있어요? 你下個月在15號晚上有空嗎？

B 미안해요. 시간 없어요. 不好意思，我沒空。

對話 1 track 12

保羅　智娜，你的生日是哪一天？
智娜　我的生日是六月十四日。保羅，你什麼時候生日？
保羅　我的生日是這個週五。你週五有空嗎？
智娜　嗯，有空。
保羅　那麼到時候一起吃飯吧。
智娜　好啊！

폴　지나 씨, 생일이 며칠이에요?
지나　6월 14일이에요.
　폴 씨는 생일이 언제예요?
폴　이번 주 금요일이에요.
　금요일에 시간 있어요?
지나　네, 시간 있어요.
폴　그럼, 그때 같이 식사해요.
지나　좋아요.

單字

생일 生日
며칠 哪一天
월 月
일 日
언제 什麼時候
이번 주 這一週
금요일 星期五
시간 時間
그때 那時，屆時
같이 一起
식사해요 用餐

常用句

생일이 며칠이에요?
你的生日是哪一天？
생일이 언제예요?
你的生日是什麼時候？
금요일에 시간 있어요?
週五有空嗎？
그때 같이 식사해요.
到時候我們一起吃飯吧。
좋아요. 好啊！

會話便利貼

★ 그때 같이 식사해요.「**到時候我們一起吃飯吧。**」
같이可用來提議大家一起做某事。在一些非正式的場合，可以這樣使用：그때 같이 식사해요.在一些正式的場合，같이和勸誘型語尾(으)ㅂ시다搭配使用。在這種情況下，會正式地說成그때 같이 식사합시다.

★ 좋아요.「**好啊！**」
用於表示對某提議的認可。

對話 2 track 12

幼珍 保羅，祝你生日快樂！
保羅 謝謝你。幼珍，你的生日是什麼時候？
幼珍 我的生日是農曆八月十五號。
保羅 農曆八月十五號，那麼你的生日是中秋節嗎？
幼珍 是的，沒錯。
保羅 喔，真的嗎？

유진 폴 씨, 생일 축하합니다.

폴 감사합니다.
유진 씨는 생일이 언제예요?

유진 음력 8월 15일이에요.

폴 음력 8월 15일, 그럼, 추석이 생일이에요?

유진 네, 맞아요.

폴 아, 그래요?

單字

음력 農曆
추석 中秋節

常用句

축하합니다. 恭喜！
생일 축하합니다. 祝你生日快樂！

會話便利貼

★ 생일 축하합니다.「**祝你生日快樂！**」
祝賀某人某事的時候使用축하합니다這樣的表達方式。先說出所要祝賀的事情（名詞）後，接著再說出축하합니다。

★ 음력 생일.「**農曆生日**」
按照傳統，韓國人使用農曆記事，不過從1894年以來，韓國人同時使用國曆和農曆。農曆的日期通常比國曆的日期遲一個月左右。目前，由於西方國家的影響，正式時間表中都使用國曆。儘管如此，農曆仍然用在某些特定的節日裡，例如農曆新年、中秋節以及傳統的節日。許多韓國的年長者至今仍以農曆來慶祝他們的生日。

發音 track 12

● 축하 → [추카]

當終聲ㅎ之後緊跟著初聲ㄱ、ㄷ、ㅈ，或終聲ㄱ、ㄷ、ㅈ之後緊跟著初聲ㅎ，經過連音必須唸成[ㅋ, ㅌ, ㅊ]。

(1) ㄱ → [ㅋ]　　어떻게[어떠케]

(2) ㄷ → [ㅌ]　　좋다[조타]

(3) ㅈ → [ㅊ]　　넣지[너치]

單字補充

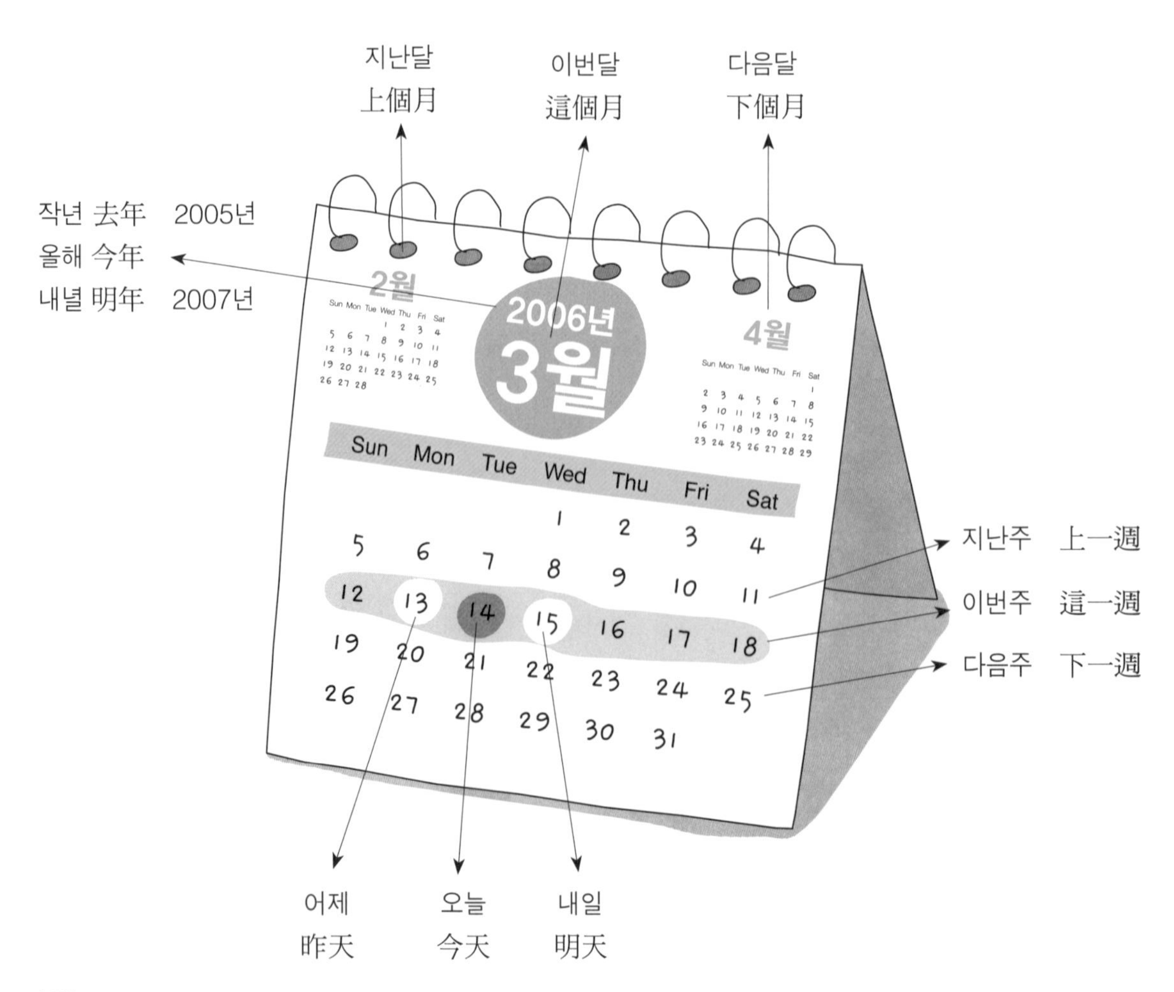

宴會用語

A　恭喜！
B　謝謝。
這是表達祝賀的方式。

A　請用！
B　好的，謝謝！
這是請對方開始用餐時的招呼語。

※在別人邀請你進餐的時候，用餐之前應該說：잘 먹겠습니다.「我會好好品嘗的。」（我要開動了。）

A　請再多吃一點吧！
B　不了，我已經吃飽了。
這是請對方多吃一點的招呼語。

※當別人邀請你進餐時，吃完之後應該說：잘 먹었습니다.「我吃得非常盡興。」（我吃飽了。）

自我小測驗

文法

▸ 參考例句，改寫以下的日期。（1～2）

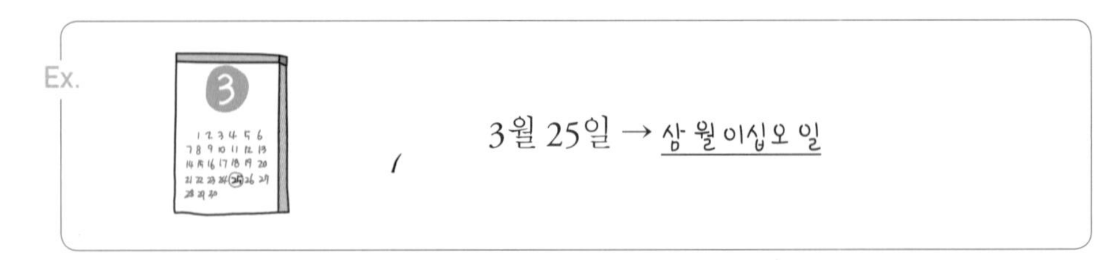

1　8월 14일 → ________　　2　10월 3일 → ________

▸ 閱讀以下的對話後，選出和下列回答搭配的問句。（3～5）

3　A　생일이 (어디예요? / 며칠이에요?)
　　B　3월 31일이에요.

4　A　파티가 (언제예요? / 어디예요?)
　　B　다음 주 금요일이에요.

5　A　오늘이 (언제예요? / 며칠이에요?)
　　B　9월 4일이에요.

▸ 閱讀以下的對話後，在空白處填入正確的答案。（6～7）

6　A　언제 파티가 있어요?
　　B　8월 15일 ________ 파티가 있어요.

7　A　________ 회의가 있어요?
　　B　다음 주 월요일에 회의가 있어요.

聽力

▸ 聽錄音中的對話，根據以下的問題選出正確的答案。（8～9） track 12

8 파티가 언제예요?

ⓐ 7월 13일 ⓑ 7월 14일 ⓒ 8월 13일 ⓓ 8월 14일

9 파티가 무슨 요일이에요?

ⓐ 금요일 ⓑ 토요일 ⓒ 일요일 ⓓ 월요일

閱讀

▸ 閱讀以下的問題，選出正確的答案。（10～11）

10월 8일이 리에 씨 생일이에요.
목요일이에요. 그런데 목요일에 시간이 없어요.
그래서 리에 씨가 10월 9일 금요일에 파티해요.

10 理惠的生日是哪一天？

ⓐ 시 월 팔 일 ⓑ 시 월 구 일 ⓒ 십 월 팔 일 ⓓ 십 월 구 일

11 以下哪一個選項符合上述內容？

ⓐ 리에 씨 생일이 금요일이에요. ⓑ 리에 씨가 10월 8일에 파티해요.
ⓒ 리에 씨가 목요일에 시간이 있어요. ⓓ 리에 씨 생일 파티가 금요일이에요.

解答 p.277

韓國文化大不同

Q 你參加過韓國傳統的生日宴會嗎？

不同的社會和文化有不同的生日傳統，對於幾歲生日具有特殊意義也有著不同的想法。猶太人在十三歲的時候會舉行一次特殊的成人禮；美國人則會在「甜蜜的十六歲」或是二十一歲，舉辦一次特殊的生日宴會；韓國人則會在一歲和六十歲時舉辦特殊的生日宴會。在韓國，第一個生日叫做돌잔치（韓國人不以孩子出生的那天作為第一次慶生的日子），六十歲生日叫做환갑。

過去，韓國新生嬰兒的死亡率很高，因此嬰兒一週歲的生日就變成了慶祝孩子存活下來的聚會。家庭成員，所有的親朋好友聚集在一起，品嘗美食並慶祝新生兒的健康，祝福他的未來。聚會上，新生兒會被放在一堆物品的前面坐著，這些物品象徵著他或她的將來，例如，生的米、鉛筆、一段很長的細繩，新生兒抓住的物品將代表著他或她的將來。因此，如果新生兒抓住了米，韓國人會認為這個孩子將來不愁吃穿，過著衣食無憂的舒適生活。鉛筆或書象徵著孩子會成為一名學者；細繩則代表孩子會健康長壽，這種對於新生兒的預言叫做돌잡이。近年來，韓國人在桌面的物品中添加了錢、彩券、滑鼠以及其他一些現代物品，來代表現代的一些職業和生活方式。

慶祝六十歲生日的환갑也起源於古代社會，那時人們的生命期限短，相對來說，只有少數人可以活到六十歲；六十週歲的生日主要是慶祝父母的健康長壽。孩子為他們的父母拋去환갑（有時叫做회갑），為他們送上新衣服，並且邀請所有的親戚參加生日宴會。

Lesson 8 보통 아침 8시 30분에 회사에 가요.

我通常早上八點半去上班。

- 時間的表達方式
- 疑問詞 몇 시：「幾點」／몇 시에：「幾點」
- 表示地點的助詞：에
- 表示時間的助詞 ~부터~까지：「從～到～」

時間的表達方式

在韓文中讀時間的時候，小時和分鐘的數字部分唸法不同。小時的部分要用純韓文來讀，而分鐘的部分則要用漢字音來讀。

3시	10분
세	십
純韓文唸法	漢字音唸法

2시
두

6시
여섯

10시
열

1시 10분
한 십

4시 45분
네 사십오

7시 30분
일곱 삼십
＝반（半小時）

疑問詞몇 시：「幾點」

附錄 p.265

詢問時間的時候使用疑問詞몇 시。

1 A 지금 몇 시예요? 現在是幾點？
B 2(두) 시예요. 現在是兩點。

2 A 지금 몇 시예요? 現在是幾點？
B 7(일곱)시 45(사십오)분이에요. 現在是七點四十五分。

表示地點的助詞：에

使用動詞「去」和「來」가요 / 와요時，要在地點名稱的後面加上助詞에。回憶一下我們在 Lesson 4 中學過的助詞에和있어요 / 없어요同時使用的用法。

A 어디에 가요? 你要去哪兒？
B 학교에 가요. 我要去學校。

疑問詞 몇 시에：「幾點」

想要知道某事發生的具體時間時，疑問詞몇 시要和助詞에搭配使用。

A 몇 시에 집에 가요? 你什麼時間回家？
B 저녁 8시에 집에 가요. 我晚上八點的時候回家。

表示時間的助詞 ~부터 ~까지：「從~到~」

當我們在討論某件事情持續的時間時，使用助詞부터「從~」表示事情的開始時間，使用助詞까지「到~」來表示事情結束的時間。

오후 3시부터 5시까지 회의가 있어요. 我從下午三點到五點有會議。

如果上下文很明確，或想要強調一個時間點或是另一個時間，可以省略掉一個助詞。

A 언제부터 휴가예요? 你從什麼時候開始休假？
B 내일부터 휴가예요. 我從明天開始休假。

對話 1 track 13

珍 仁浩，你現在要去哪裡？
仁浩 我要去上班。
珍 你通常幾點去上班？
仁浩 早上八點半去上班。
珍 你幾點回家？
仁浩 晚上七點半回家。

제인 인호 씨, 지금 어디에 가요?

인호 회사에 가요.

제인 보통 몇 시에 회사에 가요?

인호 아침 8시 30분에 가요.

제인 몇 시에 집에 와요?

인호 저녁 7시 반에 와요.

單字

지금 現在
가요 去
보통 通常
몇 시에 幾點
아침 早上
시 點（時間）
분 分
와요 來
저녁 晚上
반 一半（三十分鐘）

常用句

지금 어디에 가요?
你現在要去哪裡？

보통 몇 시에 회사에 가요?
你通常幾點去上班？

몇 시에 집에 와요?
你幾點回家？

會話便利貼

★ 가요 / 와요「去／來」

動詞가요的意思是「去」，動詞와요的意思是「來」。
例如：
保羅和馬克正在通電話。保羅邀請馬克過來吃晚飯。

A 마크 씨, 언제 와요? 馬克，你什麼時候過來？
B 8시에 가요. 我晚上八點鐘過去。

★ 몇 시에和언제的比較

在這種表達方式中，可用「언제」來替換「몇 시에」，但언제的後面不需加上表示時間的助詞에。

<u>몇 시에</u> 집에 와요?
= 언제 (O) 언제에 (X)

對話 2 track 13

理惠 保羅，你現在要去哪裡？
保羅 我現在要去學校。
理惠 你通常從幾點到幾點有課？
保羅 我通常從上午九點到下午一點有課。
理惠 那麼，你幾點回家？
保羅 我下午三點回家。

리에 폴 씨, 지금 어디에 가요?

폴 학교에 가요.

리에 보통 몇 시부터 몇 시까지 수업이 있어요?

폴 보통 아침 9시부터 오후 1시까지 수업이 있어요.

리에 그럼, 몇 시에 집에 와요?

폴 오후 3시에 집에 와요.

單字

학교 學校
부터 從（時間）
까지 到幾點鐘（時間）
수업 課
오후 下午

常用句

몇 시부터 몇 시까지 수업이 있어요?
你從幾點到幾點有課？

會話便利貼

★ **時間概念從大到小**

和日期的表達方式一樣，時間也是從大到小來表達

금요일 아침 9시 (o)　9시 아침 금요일 (x)

★ **句子內部的順序：（時間）에＋（地點）에＋와요**

先說時間還是先說地點沒有硬性規定，不過大多數人習慣先說時間再說地點。

저녁 7시에 집에 와요.　我晚上七點回家。

發音 track 13

● 옷 → [옫], 옷이 → [오시]

在第一個例子中，옷中的終聲ㅅ獨立出現（後面沒有音節）時，按照其本身的發音規則讀作[ㄷ]。

在第二個例子中，以終聲ㅅ結尾的單字出現在母音（像옷이中）的前面時，終聲ㅅ就要當作下一個音節的初聲來讀。

(1) 낮 → [낟], 낮이→ [나지]
(2) 앞 → [압], 앞에→ [아페]
(3) 부엌 → [부억],부엌에→ [부어케]

單字補充

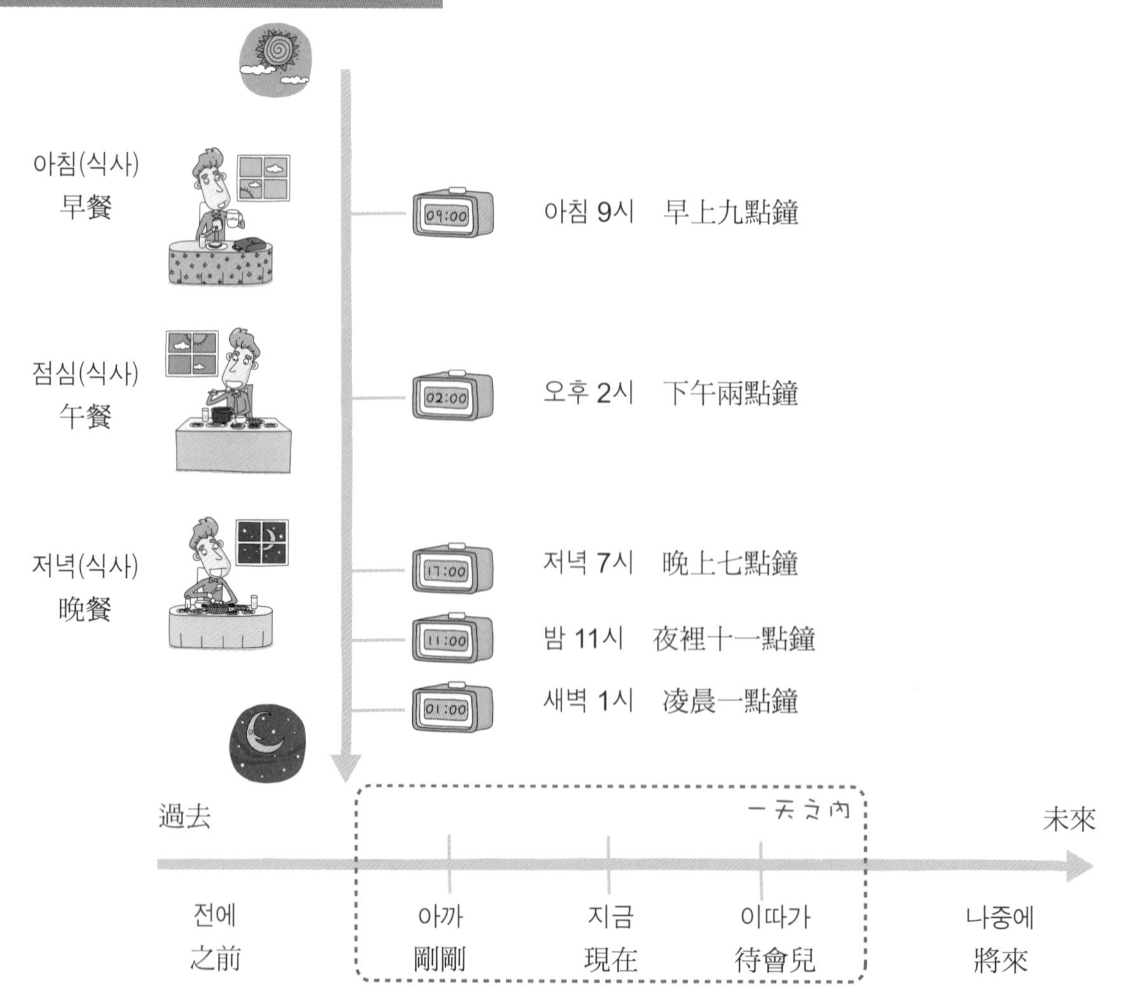

實用短句

韓文中，同樣的意思可以有不同的表達方式，這主要取決於談話的場景和談話對象。

道歉用語

A　對不起！
B　沒關係。
這是一種有禮且帶鄭重感的歉意表達方式。
例如：對顧客、長輩，或陌生人。

A　不好意思！
B　沒關係。
這是一種有禮且半帶鄭重感的歉意表達方式。
例如：關係較親近的同事之間。

A　不好意思！
B　沒關係。
這種歉意的表達方式適用於彼此親近且非正式的的情況。
例如：同學或兒時玩伴之間。

自我小測驗

文法

▸ 參考例句與圖片，寫出以下的時間。（1～2）

지금 몇 시예요?

Ex.

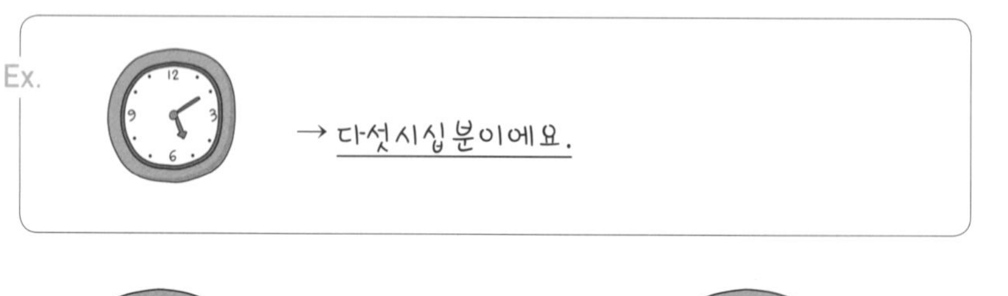

1  → ________

2  → ________

▸ 參考例句，看圖回答問題。（3～4）

Ex.

A 몇 시에 식당에 가요?

B 열두시 삼십분 에 가요.

03:20

3 A 몇 시에 집에 와요?

B ________ 에 와요.

4 A 몇 시에 은행에 가요?

B ________ 가요.

▸ 看圖在空白處填入正確的答案。（5～6）

開始 → 結束

5 A 몇 시부터 몇 시까지 회의가 있어요?

B 1시 ________ 2시 30분 ________ 회의가 있어요.

開始 → 結束

6 A 몇 시부터 몇 시까지 수업이 있어요?

B ________________ 수업이 있어요.

聽力

▸ 聽錄音，在鐘面上畫出正確的時間。

7 

8 

9 

▸ 聽錄音中的對話，寫下仁浩的行程安排。 track 13

10 어디? 회사 → (1) ________ → 집

(2) (3)

몇 시? 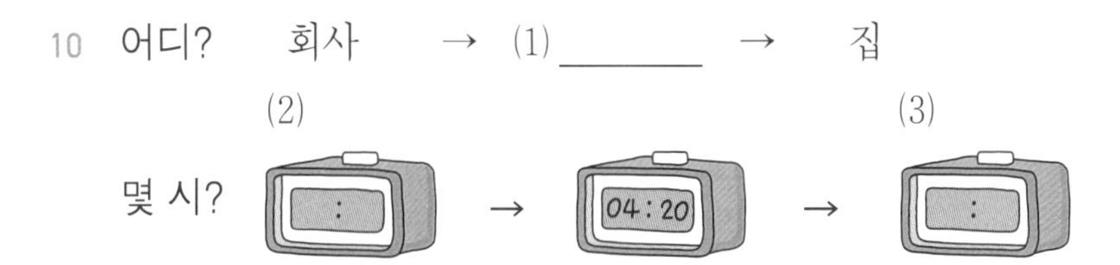

閱讀

▸ 仔細閱讀以下的表格，寫下馬克的行程安排。

11

時間表

時間	做什麼
(1)	학교
10:00~1:00	(2)
(3)	회사
(4)	회의
7:00	(5)

아홉 시 삼십 분에 학교에 가요.
열 시부터 한 시까지 한국어 수업이 있어요.
그리고 두 시에 회사에 가요.
세 시 반부터 다섯 시까지 회의가 있어요.
일곱 시에 집에 가요.

解答 p.277

韓國文化大不同

Q 和韓國人碰面的時候，最好的問候方式是什麼？

不論一天中的什麼時間，當你碰見某個人的時候，你都可以用「안녕하세요?」來問候他。韓文中沒有與「早安」、「午安」或「晚安」對等的表達方式，所以你任何時候都可以用「안녕하세요？」來問候別人。

但是，如果你在早上已經碰見了某個人，後來又碰到他，這種情況，你可以嘗試說「식사했어요?（用過餐了嗎？）」韓國人在用餐時間互相見面的時候，通常都會詢問對方是否吃過飯了。但是不要誤解，這並不是在邀請你一起用餐，這只是一個問候而已。這一點，臺灣人應該很能夠體會。

在韓國，飲食是人們常談論的普通話題。當你在街上遇到朋友的時候，可以問他是否吃過飯了，順便可以提議下次一起出去吃個飯。但是對於這些提議不用太認真，這些只是問候和交談的方式，並不是真正的邀請。

不過儘管如此，當韓國人真的邀請你去吃飯的時候，你會發現韓國人一點也不小氣。韓國人認為，殷勤好客就是要保證為客人準備充足的食物，而且絕對不能有桌上食物都吃光的情況出現。開始用餐的時候，主人會說많이 드세요.（請多吃一點。）對客人來說，要想吃光主人竭盡全力準備的所有食物，那也是一件困難的事情。所以，客人往往會吃得過多，儘管這並不是客人的本意。

所以有機會的時候，不妨試試這些表達問候的方式：「식사했어요?」和「많이 드세요.」

Lesson 9 집에 지하철로 가요.

我搭地鐵回家。

- 期間
- 表示地點的助詞 ~에서 ~까지：「從～到～」
- 疑問詞 얼마나：「多久／多少時間」／어떻게：「如何」
- 表示交通方式的助詞：(으)로

關鍵句型和文法

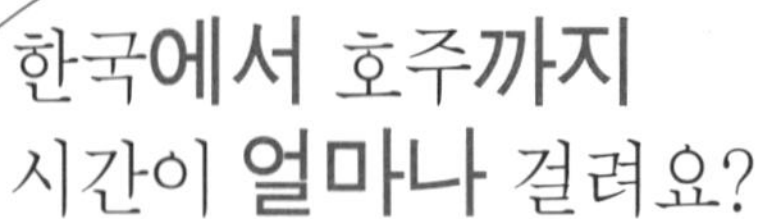

從韓國到澳洲要花多久的時間？

● 期間

如果想要表達花費多少的時間，則在表示時間長度的單字後面加上動詞걸려요。

(시간이)				
	10분 십	걸려요.	要花	十分鐘。
	5시간 다섯			五個小時。
	3일 삼			三天。

注意

不要混淆시和시간。

지금 1시예요.（時間）

1시간 걸려요.（期間）

例外：

一天：1일 (x)　兩天：2일 (x)
　　　하루 (o)　　　　이틀 (o)

● 表示地點的助詞 ~에서 ~까지：「從~到~」

想要表達兩地的距離時，在離開的地點後加上助詞에서，在到達的地點後加上助詞까지。如果上下文明確，可以省略其中一個助詞。

(집에서) 회사까지 50분 걸려요.

（從家裡）到公司需要花費五十分鐘。

想知道……

~부터 ~까지 (시간)

從~（時間）到~（時間）

~에서 ~까지 (장소)

從~（地點）到~（地點）

● 疑問詞 얼마나：「多久／多少時間」

詢問持續時間長短的時候，使用疑問詞얼마나，如果上下文明確，可以省略시간이。

A 여기에서 학교까지 (시간이) 얼마나 걸려요?
　從這裡到學校需要花費多少時間？

B 1시간 10분 걸려요.　　　花費一小時十分鐘。
　한　　십

表示交通方式的助詞：(으)로

表達到達某地使用的交通方式，使用助詞(으)로。如果該交通工具的單字是以母音結尾，後面接로；如果該交通工具的單字是以子音結尾，後面接(으)로。

버스	로	가요.	我搭	公車去。
비행기				飛機去。
지하철				地鐵去。
자가용	으로	가요.	我搭	轎車去。

※걸어서 가요. 我用走的去。

注意

如果該交通工具的單字是以子音ㄹ結尾，則必須將으省略。

지하철로 (o)
지하철으로 (x)

疑問詞 어떻게：「如何」

詢問別人如何到達某個地方的時候，使用疑問詞어떻게。

1 A 어떻게 중국에 가요? 你要如何去中國？
B 비행기로 가요. 我搭飛機去。

2 A 부산에서 어떻게 서울에 와요? 你要如何從釜山來首爾？
B 기차로 와요. 我搭火車。

對話 1 track 14

小智 你家在哪裡？
幼珍 我家在木洞。
小智 木洞離這裡遠嗎？
幼珍 不，不遠。
小智 從這裡到木洞需要多久的時間？
幼珍 大約要花三十分鐘。
小智 是步行嗎？
幼珍 不，搭地鐵。

사토루 집이 어디예요?

유진 목동이에요.

사토루 목동이 여기에서 멀어요?

유진 아니요, 가까워요.

사토루 여기에서 목동까지 시간이 얼마나 걸려요?

유진 30분쯤 걸려요.

사토루 걸어서 가요?

유진 아니요, 지하철로 가요.

單字

목동 木洞
（位於首爾西南陽川區）
에서 從
까지 到
여기에서 從這裡
멀어요 遠
가까워요 近
시간 時間
얼마나 多久的時間
걸려요 花費（時間）
걸어서 步行
지하철 地鐵

常用句

집이 어디예요?
你家在哪裡？
목동이 여기에서 멀어요?
木洞離這裡遠嗎？
여기에서 목동까지 시간이 얼마나 걸려요?
從這裡到木洞需要多久的時間？
걸어서 가요? 走路去嗎？
지하철로 가요. 搭地鐵前往。

會話便利貼

★ 쯤「大約、大概」
在時間的後面加上쯤，表示所說的時間是一個近似值。

★ 30분和반的比較
반可以簡潔的表達半小時，不過在表達時間持續的情況下，雖然~시간 반 걸려요的用法沒有錯，但是不能單獨使用반 걸려요。

30분 걸려요. (O) 1시간 30분 걸려요. (O)
= 반 (X) = 1시간 반 (O)

對話 2 track 14

理惠 你通常幾點出門？
詹姆士 我通常七點出門。
理惠 你為什麼這麼早出門？
詹姆士 學校離我家實在是太遠了。
理惠 從你家到學校需要多少時間？
詹姆士 大約要花一小時二十分鐘。
理惠 哇，真遠。那麼你是如何到學校的？
詹姆士 我搭公車。

리에 보통 몇 시에 집에서 나와요?

제임스 7시에 나와요.

리에 왜 일찍 집에서 나와요?

제임스 집에서 학교까지 너무 멀어요.

리에 시간이 얼마나 걸려요?

제임스 1시간 20분쯤 걸려요.

리에 와! 정말 멀어요.
그럼, 어떻게 학교에 와요?

제임스 버스로 와요.

單字

나와요 離開，出來
왜 為什麼
일찍 早早地
너무 太
정말 真的
어떻게 如何
버스 公車

常用句

보통 몇 시에 집에서 나와요?
你通常都是幾點鐘出門？
왜 일찍 집에서 나와요?
為什麼這麼早就出門？
와! 哇！
정말 멀어요. 真的太遠了。
어떻게 학교에 와요?
你如何到學校？
버스로 와요. 搭公車前往。

會話便利貼

★ 나와요「出來」
나와요「出來」是由兩個動詞組合而成。

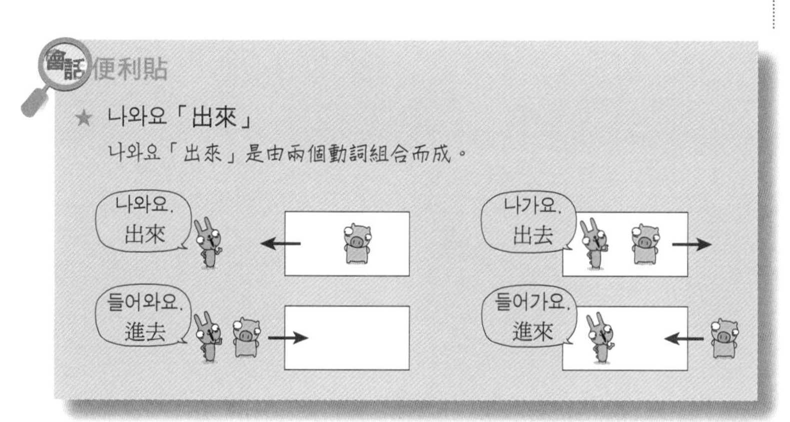

發音 track 14

● 지하철로

子音ㄹ所處的位置不同，它的發音也有所不同。終聲ㄹ的發音比較接近英語中[l]的發音；初聲ㄹ的發音則比較接近英語[r]的發音。如果終聲ㄹ後面緊跟著初聲ㄹ，則兩個都發[l]。

(1) 결려요

(2) 어울려요

(3) 불러요

單字補充

①

②

③

④

⑤

⑥

⑦

⑧

⑨

1 자동차(로) （搭）汽車
2 버스(로) （搭）公車
3 지하철(로) （搭）地鐵
4 택시(로) （搭）計程車
5 비행기(로) （搭）飛機
6 기차(로) （搭）火車
7 배(로) （搭）船
8 자전거(로) （搭）腳踏車
9 걸어서 步行

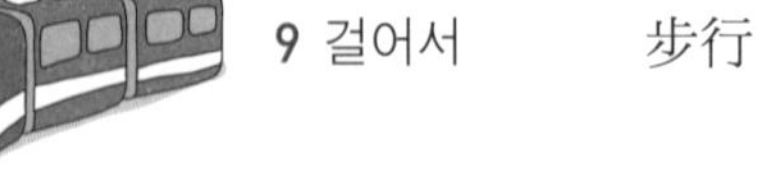

實用短句

日常生活用語

A 請等一下！
B 您慢慢來。

A 對不起！
B 別放在心上。

A 沒問題嗎？
B 沒問題的。

A 需要花多久的時間呢？
B 那得視情況而定。

自我小測驗

文法

▸ 看圖回答問題。（1～3）

시간이 얼마나 걸려요?

1 01:00 ···▸ 01:30 ______________ 걸려요.

2 04:00 ···▸ 05:00 ______________ 걸려요.

3 

______________ 걸려요.

▸ 看圖回答問題。（4～6）

4 A 집에서 회사까지 어떻게 가요?
B (1) ______________ 가요.
A 시간이 얼마나 걸려요?
B (2) ______________ 걸려요.

5 A 한국에서 일본까지 어떻게가요?
B (1) ______________ .
A 시간이 얼마나 걸려요?
B (2) ______________ .

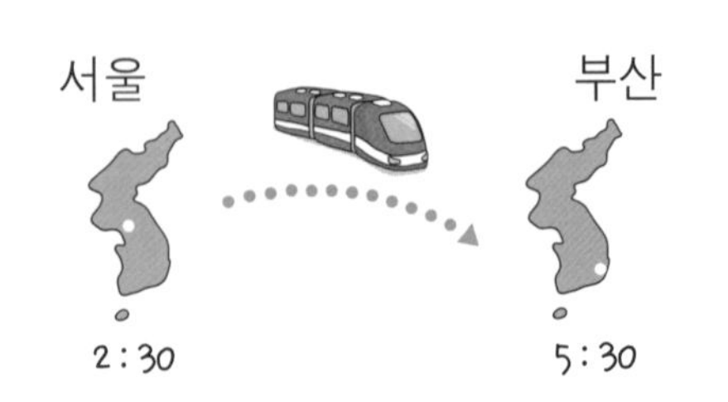

6 A 서울에서 부산까지 어떻게 가요?
B (1) ______________ .
A 시간이 얼마나 걸려요?
B (2) ______________ .

聽力

▸ 看圖，根據錄音選出正確的答案。（7～9） track 14

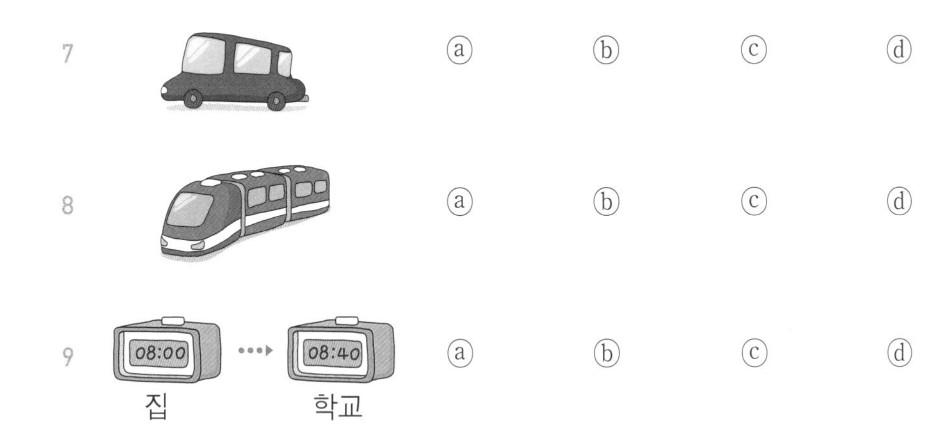

閱讀

▸ 閱讀以下的內容後回答問題。（10～11）

집에서 회사까지 멀어요. 시간이 많이 걸려요.
버스로 한 시간 십 분 걸려요. 지하철로 오십오 분 걸려요.
자동차로 사십 분 걸려요. 그런데 저는 자동차가 없어요.
그래서 지하철로 회사에 가요.

10 從家裡到公司搭公車需要花多久的時間？

ⓐ 10일 걸려요.　ⓑ 1월 1일이에요.
ⓒ 1시 10분이에요.　ⓓ 1시간 10분 걸려요.

11 以下哪一個選項符合上述內容？

ⓐ 55분에 집에 가요.　ⓑ 버스로 회사에 가요.
ⓒ 회사가 집에서 멀어요.　ⓓ 자동차가 회사 옆에 있어요.

解答 p.278

韓國文化大不同

公車

交通運輸樞紐

月臺

地鐵

Q 首爾的公共交通

幾乎所有在首爾居住過的外國人都會認同，首爾的交通費用真的不貴。如果你住在首爾的西部地區，也就是靠近金浦機場的地方，想要到首爾北部的北漢山去的話，你只需花費一千韓圜（大約台幣三十元）就可以了。這是因為首爾面積小嗎？顯然不是。首爾的交通體系十分發達但費用便宜，原因是至少有20%的韓國人，即一千兩百萬的居民（2005年統計數字）都居住在首爾。想知道如何搭公車或地鐵嗎？請看以下的介紹。

如果你打算在首爾待一週以上，你最好購買一張交通卡。每次搭公車或地鐵的時候，你只需在上下車時將交通卡插入讀卡器中即可。當然你也可以用現金買票搭車，對於只搭單程的旅客來說，交通卡並沒有什麼優惠。不過，使用交通卡時，如果你從公車或是地鐵下車後在三十分鐘內轉乘的話，你就不需要二次付費了。如果你的行程超過十公里，你只需要多付100韓圜（台幣三元左右）就可以了。此外，如果使用交通卡而不是現金，每次行程你都可以享有一百韓圜的優惠。

除了費用便宜之外，搭公車和地鐵往往比自己開車要快很多。因為首爾經常塞車，而地鐵的班次密集並且準時。即使是搭公車也會比自己開車快，因為在交通尖峰時刻，很多路段都設有專門的公車通道。

如果你想瞭解更多關於首爾的公共交通體系，請參考首爾的交通官方網站：

http://english.seoul.go.kr/residents/transport/trans_01map.html

Lesson 10

전부 얼마예요?

總共多少錢？

- 價格的唸法
- 疑問詞 얼마：「多少」
- ~주세요：「請給我～」
- 하고：「和」（只和名詞搭配使用）

關鍵句型和文法

價格的唸法

在韓國，價格是用漢字音來唸。儘管以阿拉伯數字表示時，每三位數字後標一個逗號，但閱讀時基本的數字單位是만（萬），만位於第四位數之後。

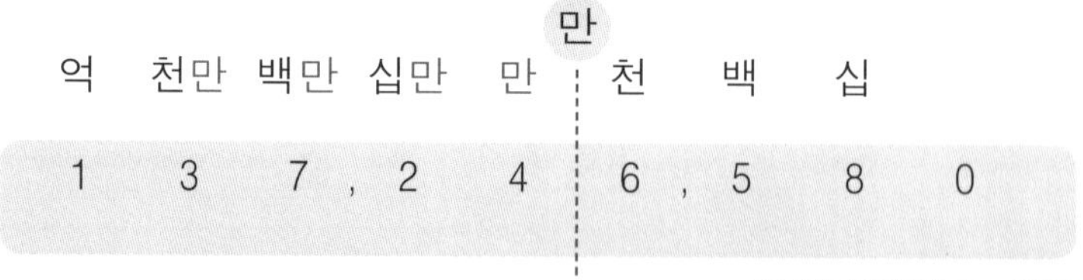

원 韓國貨幣單位：韓圓

儘管我們會說「一千」、「一百」等等，但在韓文中，數字以「一」開始時，「一」並不需要唸出來。

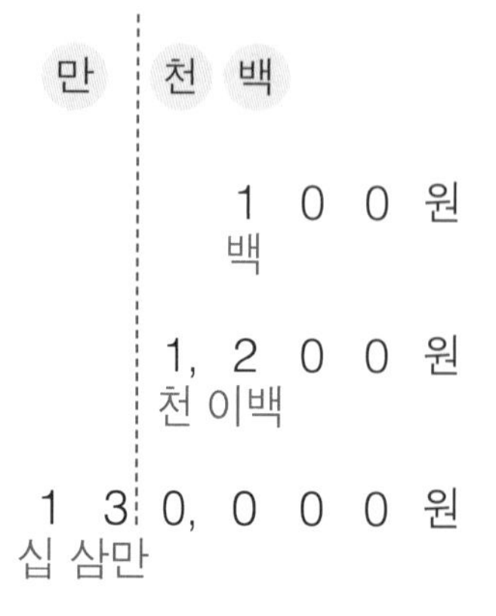

當「一」不是第一位數字時，就必須要唸出來

210,000원：이십 일만 원 (o)
이십 만 원 (x)

16	십육 [심뉵]
60,000	육만 [융만]
100,000	십만 [심만]
1,000,000	백만 [뱅만]

疑問詞 얼마：「多少」

詢問價格時使用疑問詞얼마，얼마後面必須跟著예요，並且얼마예요一定出現在句尾。

A 커피가 얼마예요? 咖啡多少錢？
B 3,500원이에요. 3,500韓圓。

● ~주세요：「請給我~」（＋名詞）

索取某項物品時，使用這種句型，在索取的事物（名詞）後面加上주세요。為了讓這種表達更有禮貌，在名詞和주세요之間加上좀（這也是「請」的意思）。

1　A 영수증 주세요.　　請給我一張收據。
　 B 여기 있어요.　　給您。

2　A 물 좀 주세요.　　請給我一些水。
　 B 네, 알겠어요.　　是，我知道了。

索取具體數量的某些事物（名詞）時，使用以下的形式

名詞	純韓文數字	量詞		
커피	한	잔	주세요.	請給我一杯咖啡。
빵	두	개		兩個麵包。
맥주	세	병		三瓶啤酒。
표	네	장		四張票。

● 하고：「和」（只和名詞搭配使用）

하고用來連接兩個名詞，它和中文裡的「和」一樣，是夾雜在兩個名詞之間。

밥하고 김치　　飯和泡菜
샌드위치하고 커피　　三明治和咖啡

對話 1 track 15

店員 歡迎光臨，您想要點什麼？
詹姆士 給我一杯拿鐵和這個麵包。
店員 是，我知道了。
詹姆士 總共多少錢？
店員 6,500韓圜。
（付款並備妥餐點後）
詹姆士 您的餐點在這，請慢走。

직원 어서 오세요. 뭐 주문하시겠어요?

제임스 카페라테 하나하고 이 빵 하나 주세요.

직원 네, 알겠습니다.

제임스 전부 얼마예요?

직원 6,500원이에요.

(돈을 지불하고 주문한 것이 나오면)

직원 여기 있습니다. 안녕히 가세요.

單字

주문 訂購
카페라테 拿鐵咖啡
하나 一
이 這
빵 麵包
~주세요 請給我~（＋名詞）
전부 全部、一共
얼마 多少
원 韓圜（韓國貨幣單位）
여기 這裡

常用句

어서 오세요. 歡迎光臨。
뭐 주문하시겠어요?
你想要點什麼？
네, 알겠습니다. 是，我知道了。
전부 얼마예요? 總共多少錢？
여기 있습니다. 在這裡。
안녕히 가세요. 再見（請慢走）。

會話便利貼

★ **省略量詞**
通常在餐廳或咖啡廳點東西時，人們會省略量詞，只使用純韓文數字表達所要食物的數量。例如：在餐廳點餐時，人們會說：비빔밥 하나 주세요.。

★ **네, 알겠습니다.「是，我知道了。／明白了。」**
服務業的人們常使用正式敬語，以表示禮貌。在機場、商店、咖啡廳、計程車裡等地方，你會聽到這樣的表達：네, 알겠습니다.，這是用來告訴顧客，服務人員已明白了他們的需求，並且會按照要求去做。「알겠어요.」不太正式，用在互相認識的人們之間。

對話 2 track 15

珍 有十月三日上午去釜山的火車票嗎？
售票員 有KTX和無窮花號的車票。
珍 價格是多少？
售票員 從首爾到釜山，KTX是45,000韓圓，無窮花號是24,800韓圓。
珍 各要花多久時間？
售票員 KTX要兩小時五十分鐘，無窮花號要五小時十五分鐘。
珍 請給我兩張KTX車票。

제인 10월 3일 오전에 부산행 기차표 있어요?

직원 KTX하고 무궁화호가 있어요.

제인 얼마예요?

직원 서울에서 부산까지 KTX는 45,000원이에요.
무궁화호는 24,800원이에요.

제인 시간이 얼마나 걸려요?

직원 KTX는 2시간 50분, 무궁화호는 5시간 15분 걸려요.

제인 KTX 2장 주세요.

單字

오전 上午（正式用語）
부산 釜山（韓國南方大城）
~행 表示到達的城市
기차 火車
표 票
KTX 韓國的特快列車
무궁화호 無窮花號（韓國的普快列車）
서울 首爾（韓國首都）
장 張（票的量詞）

常用句

부산행 기차표 있어요?
有去釜山的火車票嗎？

KTX 2장 주세요.
請給我兩張KTX車票。

會話便利貼

★ 부산행 기차표「**到釜山的火車票**」

부산행中的행是「朝～方向行進」的意思，所以부산행就是指朝釜山的方向行進。對於出發的城市，使用縮略詞발，발的意思就是「從…出發」。

뉴욕행 비행기표 去紐約的飛機票
서울발 기차표 從首爾出發的火車票

發音 track 15

● 전부 → [전부] / 정부 → [정부]

發ㄴ的時候請將舌頭輕抵上門牙的根部，它和英語中[n]的發音相似。終聲ㅇ從喉嚨中發出，和英語中[ŋ]發音相似。在下面的範例中練習區分這些發音，如果誤將ㄴ發成ㅇ，或ㅇ誤發成ㄴ時，單字的意思就會改變。

(1) 반 / 방

(2) 한 잔 / 한 장

(3) 불편해요 / 불평해요

單字補充

硬幣

10원 (십 원)

50원 (오십 원)

100원 (백 원)

500원 (오백 원)

紙鈔

1,000원 (천 원)

5,000원 (오천 원)

10,000원 (만 원)

신용카드 信用卡

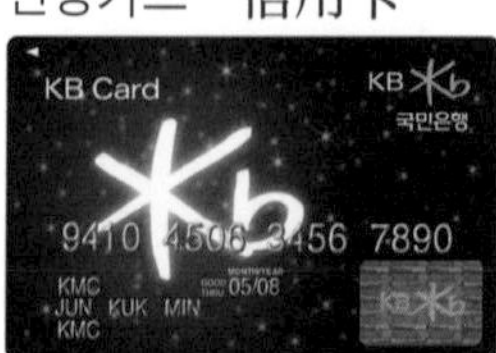

현금카드 提款卡

實用短句

餐廳

A　您要在這裡用餐嗎？還是外帶？
B　我要外帶。
在咖啡廳或餐廳裡點餐時使用。

※在餐廳或咖啡廳裡用餐時可以說：
　여기서 마실 거예요.
　「我要在這裡喝。」（適用於飲品）
　여기서 먹을 거예요.
　「我要在這裡吃。」（適用於其他任何食物）

A　請幫我加熱一下。
B　好，我明白了。
向咖啡廳／餐廳服務生提出要求時使用。

A　請給我一些冷開水。
B　是，在這裡。

自我小測驗

文法

▸ 參考例句與圖片，寫出這些物品的價格。（1～2）

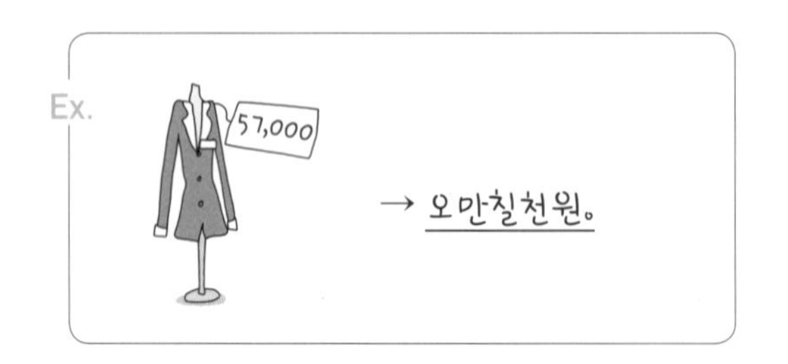

1 9,500 → ____________

2 

→ ____________

▸ 閱讀以下的對話，完成問題。（3～4）

3 A 모자가 __________ 예요?
B 8,400원이에요.

4 A 핸드폰이 ________________ ?
B 275,000원이에요.

▸ 看圖完成以下的對話。（5～6）

5 A 커피가 (1) __________________ ?
B 6,700원이에요.
A 커피 (2) ______ 잔 주세요.
B 네, 알겠습니다.

6 A 빵이 (1) __________________ ?
B 3,200원이에요.
A 빵 (2) __________________ .
B 네, 알겠습니다.

聽力

▸ 聽錄音中的對話，選出正確的答案。（7～8） track 15

7 커피가 얼마예요?

ⓐ 5,600원 ⓑ 6,600원 ⓒ 5,700원 ⓓ 6,700원

8 우산이 얼마예요?

ⓐ 37,500원 ⓑ 38,500원 ⓒ 47,500원 ⓓ 48,500원

▸ 聽錄音中的對話，以下哪一個選項正確？ track 15

9 ⓐ 커피가 없어요. ⓑ 녹차가 많이 있어요.
ⓒ 커피가 4,500원이에요. ⓓ 주스가 4,400원이에요.

閱讀

▸ 如果以下的句子和車票上的資訊符合，在括號中打○，如果不符合，打×。（10～13）

10 이 표로 부산에 가요. (　　)
11 시간이 2시간 10분 걸려요. (　　)
12 팔 월 십 일에 가요. (　　)
13 기차표가 오만 사천 원이에요. (　　)

8월 11일
서울 ▸ 부산
출발 8:20 ▸ 도착 10:40
가격 45,000원

解答 p.278

韓國文化大不同

Q　和韓國人吃飯時，如何確定誰來付帳？

如果你曾經和韓國人一起出去吃過飯，你會知道韓國人並不習慣買單時各自付帳。韓國人認為各自付帳的舉動是自找麻煩。韓國人知道，如果這次他們付了帳，別人下次會主動付帳。這並不是說下次付帳已經提前計畫好了，而是說如果這種機會出現了，別人會主動回報上次的好意。

然而，很多時候這種心照不宣的規則無法生效。兩個地位不同的人（例如：學長姊和學弟妹、公司裡的前輩和晚輩、不同年齡的朋友）一起吃飯，年長者通常會為年幼者付帳，因為人們認為年長者應該款待年幼者，而且，下次兩人一起吃飯時，年長者也不會期望年幼者的回禮。年長者會從比他們更年長的人那裡得到同樣的款待，現在他們只是把這種好意回饋給年輕一代。所以，年幼者或稍年輕點的人會暫時得到免費的食物，不過他知道，他會依照著這種模式款待年幼者或比他更年輕的人。

在這種文化中，如果你遇到好事情，大家也會期望得到你的款待。生日、就業、升職、結婚或小孩出生，周圍的人都會期待分享這種快樂和好運。

這就是韓國「給和拿」的文化，你想要參與看看嗎？

Lesson 11 어디에서 저녁 식사 해요?

你在哪裡用晚餐？

- 動詞 ~하다：「做～」
- 表示地點的助詞 에서
- 頻率
- 助詞 하고：「和」

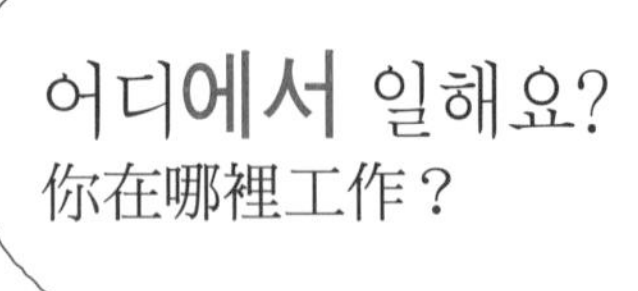

動詞 ~하다：「做~」

透過添加動詞「해요」，就能把許多名詞變成現在式的動詞。

名詞				動詞
일	+	해요	→	일해요
工作				工作

例如：공부（學習）해요，운동（運動）해요，전화（打電話）해요，요리（做飯）해요，운전（開車）해요。

表示地點的助詞 에서

助詞에서可用來指出動作發生的場所。助詞에서要和動詞一起搭配使用，不過있어요 / 없어요和가요 / 와요除外，它們要和助詞에搭配使用。提問時，使用疑問詞어디에서和動詞搭配，있어요 / 없어요則和어디에搭配使用。

1 A 어디에 가요? 你要去哪裡？
 B 집에 가요. 我要回家。

2 A 어디에서 일해요? 你在哪裡工作？
 B 회사에서 일해요. 我在公司工作。

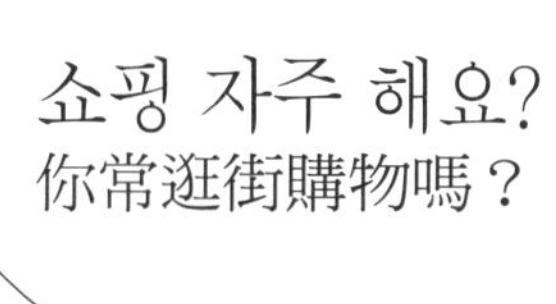

頻率

韓文描述頻率時和中文相同，先描述較大的時間單位，後描述較小的時間單位，並且在時間長度和頻率詞之間使用에（每）。表達頻率時，數字需以純韓文來唸。

하루에	2 번 두	一天	兩次
일주일에	3 번 세	一週	三次
한 달에	2 번 두	一個月	兩次
일 년에	1 번 한	一年	一次

詢問頻率時，使用疑問詞몇 번以表示「幾次」。

A 일 년에 몇 번 여행 가요? 你每年旅行幾次？
B 일 년에 2 (두) 번 여행 가요. 我一年旅行兩次。

助詞 하고：「和」

和某人一起做某事時，在人的後面用하고以表示「和」，想要詢問「和誰一起」時，則用疑問詞누구하고。

A 누구하고 식사해요? 你和誰一起吃飯呢？
B 친구하고 같이 식사해요. 和朋友一起吃飯。
C 저는 혼자 식사해요. 我一個人吃飯。

對話 1 track 16

珍 今天下午你要做什麼？
仁浩 我要工作。
珍 工作之後你要做什麼?
仁浩 我要吃晚餐。
珍 你在哪裡吃晚餐呢？
仁浩 我在公司附近的餐廳吃飯。
珍 跟誰一起吃飯呢？
仁浩 和公司的同事一起吃飯。

제인 오늘 오후에 뭐 해요?

인호 일해요.

제인 그 다음에 뭐 해요?

인호 저녁 식사 해요.

제인 어디에서 저녁 식사 해요?

인호 회사 근처 식당에서 식사해요.

제인 누구하고 식사해요?

인호 회사 동료하고 식사해요.

單字

오늘 今天
하다 做
일하다 工作
그 다음에 然後、接下來
저녁 식사 晚飯
어디에서 在哪裡
근처 附近
식당 餐廳
식사하다 吃飯
누구하고 和誰
동료 同事

常用句

오늘 오후에 뭐 해요?
今天下午你要做什麼？
그 다음에 뭐 해요?
在那之後你要做什麼？
어디에서 저녁 식사 해요?
在哪裡吃晚餐呢？
누구하고 식사해요?
和誰一起吃飯呢？

會話便利貼

★ 뭐 해요?「要做什麼？」
現在式可以用來描述不久後將要做的事情。

★ 從最大的單位到最小的單位：描述時間和地點
和中文相同，韓文描述地點的順序是從大單位到小單位（例如：從國家到城市到鄰里）
회사 근처 식당에서 식사해요. 我在公司附近的餐廳裡用餐。
時間也是從大單位到小單位進行描述。
오늘 저녁 7시에 뭐 해요? 今晚七點你要做什麼？

對話 2 track 16

吉娜 保羅，你經常運動嗎？
保羅 對，我每週運動三次。
吉娜 你在哪裡運動呢？
保羅 在我家前面的公園運動。吉娜，你也常運動嗎？
吉娜 不，我一年只去爬兩三次山。
保羅 是嗎？

지나 폴 씨, 운동 자주 해요?

폴 네, 일주일에 세 번 해요.

지나 어디에서 해요?

폴 집 앞 공원에서 해요.
지나씨도 운동 자주 해요?

지나 아니요. 1년에 두세 번 등산만 해요.

폴 그래요?

單字

운동하다 運動
자주 經常
일주일 一週
에 每
번 次，回
공원 公園
1년 一年
두세 번 兩三次
등산하다 爬山
만 只，僅僅
（若在名詞之後加上助詞만，可表示其獨特性或唯一性。）

常用句

운동 자주 해요?
你經常運動嗎？
일주일에 세 번 해요.
我每週運動三次。
1년에 두세 번 등산만 해요.
我一年只去爬兩三次山。

會話便利貼

★ **副詞的位置：**
副詞通常放在它所描述的事物之前，因此，副詞通常出現在動詞之前，但和動詞해요搭配時，副詞既可以放在名詞之前，也可放在名詞和해요之間。這兩種位置的意思皆相同。
운동 자주 해요? = 자주 운동해요?

★ **助詞도「也」**
兩個人或兩個事物之間有共同點，可以透過在人或事物之後加上도（也，同樣）表達。

A 지나 씨도 운전을 해요? 吉娜，你也開車嗎？
B 네, 저도 운전을 해요. 是的，我也開車。

發音 track 16

● 동료 → [동뇨]

緊跟在終聲ㅁ, ㅇ之後的初聲為ㄹ時，ㄹ的發音和[ㄴ]相同。

(1) ㄹ → [ㄴ]　정리[정니]

(2) ㄹ → [ㄴ]　음력[음녁]

(3) ㄹ → [ㄴ]　음료수[음뇨수]

單字補充

①　②　③　④　⑤　⑥　⑦　⑧　⑨

1 일하다　工作
2 공부하다　學習、用功
3 식사하다　吃飯
4 전화하다　打電話
5 운동하다　運動
6 얘기하다　談話
7 운전하다　開車
8 쇼핑하다　逛街、購物
9 요리하다　做飯

여행하다　旅行
노래하다　唱歌
컴퓨터하다　使用電腦
도착하다　到達
출발하다　出發
시작하다　開始
준비하다　準備
연습하다　練習
회의하다　開會
데이트하다　約會
이사하다　搬家

實用短句

在韓文裡，一天當中無論何時都能使用這句問候語：안녕하세요?

日常問候語

A　明天見。
B　明天見。
下班時或放學時使用。

A　週末愉快。
B　保羅，你也一樣。
週末前離開公司時使用。

A　旅途愉快。
和即將出發去旅行的人道別時使用。

※和即將啟程去出差的人道別時說：
　출장 잘 다녀오세요. 祝出差順利。

自我小測驗

文法

▸ 看圖選出正確的動作。（1～2）

뭐 해요?

1 
ⓐ 식사해요
ⓑ 공부해요

2 
ⓐ 운동해요
ⓑ 운전해요

▸ 選出正確的助詞。（3～5）

3 회사(에 / 에서)가요. 회사(에 / 에서)일해요.
(1) (2)

4 식당(에 / 에서)가요. 식당(에 / 에서)식사해요.
(1) (2)

5 집(에 / 에서)와요. 집(에 / 에서) 자요.
(1) (2)

▸ 看圖，在空白處填入正確的答案。（6～7）

6 A 누구하고 식사해요?
B __________ 식사해요.

7 A 누구하고 쇼핑해요?
B __________ 쇼핑해요.

聽力

▸ 看圖，根據錄音中的內容選出正確答案。（8～9）track 16

8 ⓐ ⓑ ⓒ ⓓ

9 ⓐ ⓑ ⓒ ⓓ

▸ 聽錄音中的問題，在下列選項中選出正確答案。track 16

10 ⓐ 1시에 식사해요. ⓑ 토요일에 식사해요.
ⓒ 친구하고 식사해요. ⓓ 일주일에 3번 식사해요.

閱讀

▸ 如果以下的句子和這篇短文的資訊符合，在括號中打○；如果不符合，打×。（11～15）

아침 6시에 일어나요.
7시까지 집 옆 공원에서 운동해요.
그 다음에 집에 가요. 샤워해요.
그리고 8시 10분에 집 앞 식당에서 아침 식사 해요.
9시에 회사에 가요. 10시 30분부터 12시까지 회의해요.
그 다음에 회사 옆 식당에서 동료하고 점심 식사 해요.

11 집 앞 공원에서 운동해요. ( )
12 아침 식사 해요. 그리고 운동해요. ( )
13 8시 10분에 식당에 가요. ( )
14 회의 시간이 1시간 30분이에요. ( )
15 혼자 점심 식사 해요. ( )

解答 p.278

韓國文化大不同

Q　你知道如何用雙手表示尊重嗎？

你可能已經注意到，身體語言由於文化的差異而有所不同。在韓國，人們常鞠躬，例如：歡迎某人時，人們稍稍低頭表示尊重。但是，你知道還有用雙手表達尊重的方式嗎？

當你從陌生人、年長的人、地位高的人，或與你有正式關係的人（例如同事）那裡接受或拿到東西時，不要伸出一隻手而是要用雙手來表示尊重。如果當時的情況不方便使用雙手時，人們會用右手拿東西，而左手則抓著右前臂。韓國人也會用左手握住右前臂的方式與人握手。下次仔細留意兩個韓國人見面的場景，他們會稍微低頭並且這樣來握手。

喝酒是常見的文化活動（尤其在男人之間），這種活動也有豐富的身體語言。當你為別人倒酒，或喝別人為你倒的酒時，你應該一直用雙手握著杯子或酒瓶，手臂伸直。古時候，男子所著的韓服袖子很長，因此人們需要伸出手臂來接酒杯。此外，在長輩面前喝酒時，應稍稍將頭轉向一邊，喝酒時就不會直接面對長輩了。這是表示尊重的另一種方式。

透過各種舉動和姿態來表達對他人尊重，這是韓國人的文化。那麼，你也來學習一下這種文化如何？

Lesson 12 매주 일요일에 영화를 봐요.

我每個週日會去看電影。

- 動詞的現在式：아 / 어요
- 受格助詞：을 / 를
- 提出建議：「讓我們…吧！」
- （名詞）은 / 는 어때요?：「你覺得（名詞）如何？」

動詞的現在式：아 / 어요

附錄 p.265

在動詞語幹之後加上아 / 어요，可使動詞在非正式的情境下具有尊敬之意。這個用法常用於日常生活中的購物、買票、問路等情況。

用以下的圖表組成動詞的現在式，現在式動詞的結尾由動詞的語幹決定。

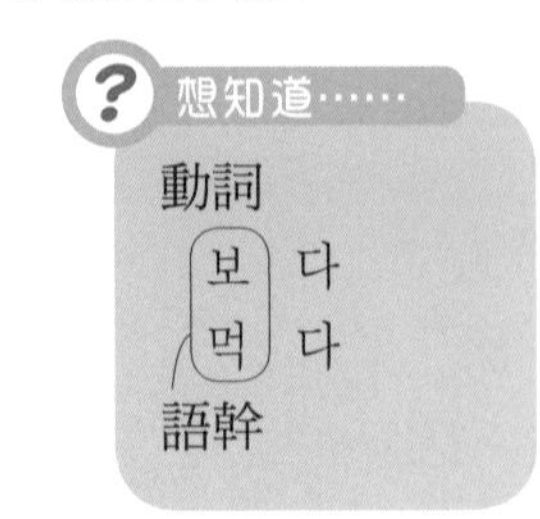

1. 動詞하다變成해요。

   공부하다 → 공부해요

2. 如果動詞語幹的最後一個音節包含母音ㅏ或ㅗ，則在語幹之後加上아요，即可成為該動詞的現在式。

   살다 → 살 + 아요 → 살아요
   자다 → 자 + 아요 → 자요
   보다 → 보 + 아요 → 봐요

3. 其他動詞的變化方式，是在語幹之後加上어요，即可成為該動詞的現在式。

   먹다 → 먹 + 어요 → 먹어요
   주다 → 주 + 어요 → 줘요
   마시다 → 마시 + 어요 → 마셔요

● 受格助詞：을 / 를

韓文中，受格助詞을 / 를表明句子中的受詞。受詞和受格助詞을 / 를通常出現在動詞的前面，但在口語中，往往會將受格助詞을 / 를省略。

前面無終聲	前面有終聲
폴 씨가 친구를 만나요. 保羅和朋友見面。	지나 씨가 음식을 먹어요. 吉娜在吃東西。

● 提出建議：「讓我們…吧！」

用「讓我們」提出建議時，通常會用到아 / 어요的現在式。在句子的一開始也可以加上表示「一起」的副詞같이。

A 같이 영화 봐요. 我們一起去看電影吧。
B 좋아요. 好啊。

● （名詞）은 / 는 어때요?：「你覺得（名詞）如何？」

這種句型用於提出建議，在名詞之後加上用以點出主題的助詞은 / 는，接著詢問어때요?

A 금요일에 시간 있어요? 你星期五有時間嗎？
B 아니요, 없어요. 不，沒有時間。
A 그럼, 토요일은 어때요? 那麼星期六怎麼樣？
B 좋아요. 好的。

對話 1 track 17

吉娜 你喜歡韓國電影嗎？
保羅 是的，我很喜歡。吉娜，你呢？
吉娜 我也喜歡韓國電影。你通常什麼時候去看電影？
保羅 我每週日會去看電影。
吉娜 這樣嗎？我也是每週日會去看電影。
保羅 那麼我們以後一起去看電影吧。
吉娜 好的。

지나 한국 영화 좋아해요?

폴 네, 정말 좋아해요. 지나 씨는 어때요?

지나 저도 한국 영화를 좋아해요.
보통 언제 영화를 봐요?

폴 매주 일요일에 영화를 봐요.

지나 그래요? 저도 일요일마다 영화를 봐요.

폴 그럼, 나중에 같이 영화 봐요.

지나 그래요.

單字

영화 電影
좋아하다 喜歡
~(은 / 는) 어때요? …如何？
저도 我也
보다 看
매주 每週
일요일 星期日
마다 每
나중에 以後

常用句

지나 씨는 어때요?
吉娜，你呢？
보통 언제 영화를 봐요?
你通常什麼時候去看電影？
매주 일요일에 (=일요일마다) 每週日
나중에 같이 영화를 봐요.
我們以後一起去看電影吧。
그래요. 好的。

會話便利貼

★ 저도 vs. 저는

用助詞은 / 는可強調저（我），也可突顯出自己和他人之間的差異。此外，在저之後使用助詞도以強調相似性。

A 저는 운동을 좋아해요. 폴 씨는 어때요?
我喜歡運動。保羅，你呢？
B 저도 운동을 좋아해요.
我也喜歡運動。
C 저는 운동을 안 좋아해요.
我不喜歡運動。

對話 2 track 17

珍　你喜歡韓國菜嗎？
小智　是的，喜歡。珍，你呢？
珍　我也喜歡韓國菜，所以最近我在學習韓國料理。
小智　喔，是嗎？那你跟誰學呢？
珍　我跟我朋友學。
小智　有趣嗎？
珍　是的，以後我們一起做一次吧。
小智　好啊。

제인　한국 음식 좋아해요?

사토루　네, 좋아해요. 제인 씨는 어때요?

제인　저도 한국 음식을 좋아해요.

그래서 요즘 한국 요리를 배워요.

사토루　그래요? 누구한테서 배워요?

제인　친구한테서 배워요.

사토루　재미있어요?

제인　네, 나중에 한번 같이 만들어요.

사토루　좋아요.

單字

음식 食物
그래서 因此
요즘 最近
요리 烹調、料理
배우다 學習
누구한테서 從誰
재미있다 有趣
한번 一次
만들다 製作

常用句

누구한테서 배워요?
你跟誰學呢？
재미있어요? 有趣嗎？
나중에 한번 같이 만들어요.
以後我們一起做一次吧。

會話便利貼

★ 좋아해요 vs. 좋아요

좋아해요是動作動詞，意思是「喜歡」，좋아요是狀態動詞，意思是「好」。좋아해요與受格助詞을 / 를搭配使用，좋아요則與主格助詞이 / 가搭配使用。注意，這些表達方式看起來雖相似，但意思卻不一樣。

마크 씨가 한국 음식을 좋아해요.　馬克喜歡韓國菜。
날씨가 좋아요.　天氣好。

發音 track 17

● 읽어요 → [일거요]

當終聲為複合子音且緊跟在後的音節初聲為ㅇ時（例如읽어요），必須將右邊的終聲移作下一個音節的初聲來唸。

(1) 밝아요 → [발가요]

(2) 넓어요 → [널버요]

(3) 옮아요 → [올마요]

單字補充

1	일어나다	起床
2	커피를 마시다	喝咖啡
3	신문을 읽다	讀報紙
4	음식을 먹다	吃東西
5	친구를 만나다	遇見朋友
6	책을 사다	買書
7	텔레비전을 보다	看電視
8	음악을 듣다	聽音樂
9	자다	睡覺

놀다	玩耍
쉬다	休息
만들다	製作
팔다	賣
빌리다	借
살다	生活、住
떠나다	離開
끝나다	結束
쓰다	寫

實用短句

逛街購物

A　歡迎光臨。您在找什麼嗎？
B　請讓我看看一些衣服。

A　這件如何？
B　還有其他的嗎？

※詢問不同尺寸的衣服時：
좀 큰 건 없어요?
沒有大一點的嗎？
좀 작은 건 없어요?
沒有小一點的嗎？

A　請給我這一件。

※當你指向離你較遠的一些衣服時：
저걸로 주세요. 請給我那一件。

A　算便宜一點吧。

※不買任何東西而要離開商店時：
좀더 보고 올게요.
我去其它地方逛逛再回來。

自我小測驗

文法

▸ 看圖選出正確的答案。（1～4）

1 
ⓐ 자요
ⓑ 일어나요

2 
ⓐ 마셔요
ⓑ 먹어요

3 
ⓐ 읽어요
ⓑ 들어요

4 
ⓐ 웃어요
ⓑ 울어요

▸ 把以下的詞彙轉換成現在式。

5

(1)	(2)	(3)
일하다 → 일해요	알다 →	입다 →
공부하다 →	앉다 →	신다 →
운동하다 →	보다 →	주다 →
시작하다 →	끝나다→	가르치다 →

▸ 閱讀以下的對話後，選出正確的助詞。（6～9）

6 A 폴이 뭐 먹어요?
B 점심(을 / 를)먹어요.

7 A 마크가 뭐 마셔요?
B 커피(을 / 를)마셔요.

8 A 제인이 뭐 들어요?
B 음악(을 / 를)들어요.

9 A 리에가 뭐 배워요?
B 한국어(을 / 를)배워요.

聽力

▸ 聽錄音，在圖片下方寫出數字，排列出保羅活動的順序。 track 17

10

(　　)

(1)

(　　)

(　　)

閱讀

▸ 根據日記本中的行程表，更正以下三個句子（ⓑ－ⓘ）。

11

월	화	수	목	금	토
오후1시 친구,식사	아르바이트, 중국어 수업	집,약속x	운동,공부	광주에 여행, 기차	집

월요일 2시에 친구하고 영화를 봐요.
ⓐ (→ 1시에) ⓑ

화요일에 아르바이트가 있어요. 영어를 가르쳐요.
ⓒ ⓓ

수요일에 집에 있어요. 목요일에 운동해요. 그리고 공부해요.
ⓔ ⓕ

금요일에 경주에 여행 가요. 기차로 가요. 토요일에 집에 와요.
ⓖ ⓗ ⓘ

解答 p.278 和 p.279

韓國文化大不同

《大長今》是風靡一時的韓國電視連續劇，在整個亞洲引起一陣「韓流」。

老男孩（올드보이）是一部在 2004 年坎城影展贏得評審團大獎的韓國電影。

Q 「韓流」

「韓流」是對於韓國文化繁榮現象的命名，這種文化現象開始於二十世紀九零年代的後期，並且逐漸發展壯大，在大約 2002 年世界盃期間延伸到日本、中國和東南亞。

由於韓國電視劇、歌星和電影的日益聞名，整個亞洲的人們對韓國的文化和歷史產生了興趣。但是，韓流影響力的來源並不僅僅局限於大眾傳媒，近些年來，手機和其他電子產品、時尚流行和韓國料理的風格（朝鮮泡菜和豆醬）也相當風行。

韓流增強了韓國人的自豪感，並且引起了韓國人們對本國文化的興趣。韓國電影過去僅占國內市場的50%，現在，這些電影開始從海外市場中得到認可，像「老男孩」這樣的電影已經得到了廣泛了國際認同。

韓流為學習韓文的外國人帶來了絕佳的機會，過去，在其他國家，人們很難找到學習韓文的資料，尤其在流行文化方面。現在，即使你住在韓國以外的地方，大量的韓國電影、韓劇以及網路都可以讓你接觸到最新的韓國文化，你能夠聽到現代的流行語，也能瞭解到韓國人如何思考和生活。如果想更深入了解韓國電影，請瀏覽網站 http://www.hellohallyu.com。

Lesson 13 머리가 아파요.

頭痛。

- 狀態動詞的現在式
- 否定形式：안
- 助詞 도：「也」

狀態動詞的現在式

附錄 p.265

韓文中，狀態動詞的用法和動作動詞很相似。韓文的動詞分成兩類：動作動詞（跑、做、工作、思考等等）和狀態動詞（快樂、悲傷、昂貴等等）。

狀態動詞的現在式和動作動詞的變化一致（見 Lesson 12），不過狀態動詞是搭配主格助詞이 / 가使用。

날씨가 좋아요.　天氣好。
옷이 비싸요.　衣服貴。

> **注意**
> 在韓文裡，필요해요「需要」是一個狀態動詞，因此應該與主格助詞이 / 가一起使用，而非을 / 를。

否定形式：안

在動作動詞或狀態動詞的前面加上안即成否定形式，不過若是動作動詞하다，則否定詞안應放在名詞和하다之間。

動作動詞和狀態動詞（不含動作動詞하다）：

안 자요.　不睡。
안 비싸요.　不貴。
안 중요해요.　不重要。

動作動詞하다：

일 안 해요.　不工作。

> **注意**
> 일하다（動作動詞）「工作」
> →일 안 해요. 不工作。
> 피곤하다（狀態動詞）「累」
> →안 피곤해요. 不累。
> 例外：
> 좋아하다（動作動詞）「喜歡」
> →안 좋아해요. 不喜歡。

助詞 도：「也」

附錄 p.266

그리고「而且」可用來連接兩個句子，若兩個句子的結構完全相同，可以在第二個句子中使用助詞도「也」以強調它們的共同性。

1. 使用助詞도時，不要使用主格助詞이 / 가或受格助詞을 / 를，這裡도代替了這些助詞。

   아침을 먹어요. 그리고 커피도 마셔요.
   我們吃早飯，而且也喝咖啡。

2. 도要在其他助詞之後，例如要在助詞에或에서之後。

   식당에 가요. 그리고 커피숍에도 가요.
   我去餐廳，而且也去咖啡廳。

하고「和」通常連接兩個名詞。
而그리고「而且」連接兩個句子。
마크하고 폴 馬克和保羅
음식이 싸요. 그리고 사람도 친절해요.
食物便宜，而且人也親切。

對話 1 track 18

幼珍 保羅，你哪裡不舒服嗎？
保羅 不，我沒有生病，只是有點累。
幼珍 怎麼了？
保羅 最近工作很多，所以有點累。
幼珍 要注意健康。
保羅 好的，謝謝。

유진 폴 씨, 어디 아파요?

폴 아니요, 안 아파요. 그냥 좀 피곤해요.

유진 왜요?

폴 요즘 일이 너무 많아요.

그래서 좀 피곤해요.

유진 건강 조심하세요.

폴 네, 고마워요.

單字

아프다 痛、生病
안 動詞否定
그냥 只是
좀 有點
피곤하다 累
왜 為什麼、怎麼了
많다 多
건강 健康
조심하다 小心

常用句

어디 아파요?
你哪裡不舒服嗎？
그냥 좀 피곤해요.
只是有點累。
일이 너무 많아요.
工作太多。
건강 조심하세요.
要注意健康。

會話便利貼

★ 좀 피곤해요.「我有點累。」
此處的좀是조금的縮寫形式，儘管這和第155頁提到的「請」看起來一樣，但意思其實不同。

對話 2 track 18

理惠 你感冒了嗎？
詹姆士 是的。
理惠 嚴重嗎？
詹姆士 是的，我有點頭痛，而且還咳嗽。
理惠 這樣嗎？最近天氣冷了，所以要小心。
詹姆士 好的，我會的。

리에 감기 걸렸어요?

제임스 네.

리에 많이 아파요?

제임스 네, 머리가 좀 아파요.

그리고 기침도 나요.

리에 그래요? 요즘 날씨가 추워요.

그러니까 조심하세요.

제임스 네, 그럴게요.

單字

감기 感冒
많이 許多
머리 頭
그리고 而且（用於連接句子）
기침 咳嗽（名詞）
기침이 나다 咳嗽（動作）
날씨 天氣
춥다 冷
그러니까 因此

常用句

감기 걸렸어요?
你感冒了嗎？
많이 아파요?
很不舒服嗎？→嚴重嗎？
머리가 좀 아파요.
有點頭痛。
기침이 나요.
咳嗽。
요즘 날씨가 추워요.
最近天氣冷了。
그럴게요. 我會的。

會話便利貼

★ 그러니까

用法和그래서相似，但前後句有直接的因果關係時，使用그러니까。

한국에서 일해요. 그래서 한국어를 배워요. = 그러니까 (O) 我在韓國工作，所以我學韓文。

在表示命令或建議時，應使用그러니까而非그래서。

날씨가 추워요. 그러니까 조심하세요. = 그래서 (X) 天氣冷了，所以要小心。

發音 track 18

● 많아요 → [마나요] / 만나요 → [만나요]

以下的單字意思不同，但發音相似。

(1) 좋아요 / 추워요

(2) 쉬워요 / 쉬어요

(3) 조용해요 / 중요해요

單字補充

實用短句

關心他人

A　你今天心情如何？
B　不錯。
用於詢問別人的心情。

※當你感覺不太好時，可以回答：
　별로예요.「不太好。」

A　你哪裡不舒服？
B　我的頭有點痛。
某人看起來和平時不一樣時，可以這麼問。

※某人沒有生病，不過表情奇怪或看起來不
　舒服時，可以問：
　무슨 일 있어요?「有什麼事情嗎？」

A　好久不見。
B　好久不見。
用於遇到很久沒見的人時。

A　最近過得怎麼樣？
B　還不錯。
詢問某人近來怎麼樣。

其他表達方式：
A　그동안 어떻게 지냈어요?
　　這段日子以來過得如何？
B　잘 지냈어요. 一切都好。

自我小測驗

文法

▸ 看圖選出正確的答案。（1～4）

1 

기분이 ⓐ 좋아요.
ⓑ 나빠요.

2 

책이 ⓐ 싸요.
ⓑ 비싸요.

3 영화가 ⓐ 재미있어요.
ⓑ 재미없어요.

4 

날씨가 ⓐ 추워요.
ⓑ 더워요.

▸ 閱讀以下的對話，在空白處填上正確的答案。（5～7）

Ex. A 추워요?
B 아니요, 안추워요 .

5 A 바빠요?
B 아니요, ________ .

6 A 피곤해요?
B 아니요, ________ .

7 A 운동해요?
B 아니요, ________ .

▸ 從以下的選項中選出正確的詞彙，填入空白處。（8～10）

그리고	그런데	그래서

8 머리가 아파요. ________ 약을 먹어요.

9 한국어 공부가 재미있어요. ________ 어려워요.

10 영어 말하기가 쉬워요. ________ 듣기도 쉬워요.

聽力

▸ 聽錄音，圈出珍做了以下哪些事情。 track 18

11

일해요	운동해요	인터넷해요	친구를 만나요
전화해요	공부해요	책을 읽어요	텔레비전을 봐요

▸ 從錄音中的選項選出正確的答案，完成以下的句子。 track 18

12 민수 씨가 일이 많아요. 그래서 ____________.

ⓐ　　ⓑ　　ⓒ　　ⓓ

閱讀

▸ 把下列的句子和每個說話者的情形搭配起來。（13～15）

13 요즘 너무 바빠요.
회의가 많이 있어요.
오늘도 집에 10시에 가요.　•

• ⓐ 

14 열이 나요. 기침도 나요.
그리고 추워요.
그래서 오늘은 일 안 해요.　•

• ⓑ 기분이 좋아요.

15 저는 여행을 좋아해요.
오늘 제주도에 여행 가요.
지금 비행기로 가요.　•

• ⓒ 피곤해요.

韓國文化大不同

Q 為什麼韓國人常說「괜찮아요」？

在韓國，一天中你可能會聽到許多次「괜찮아요」。無論詢問天氣或是他人的心情，常使用的回答可能也是「괜찮아요」。韓國文化把強烈的否定和沒有禮貌聯繫在一起，出於禮貌，恰當的回答是像「괜찮아요」（過得不錯）、「별로예요」（不怎麼樣）這樣的話，而不是清楚坦白地說出想法和感覺。

因此，「괜찮아요」這樣的表達方式出現在許多場景中，有著各式各樣的涵義。它可以用來接受感謝和道歉，或者當有人要求你多吃點時，用「괜찮아요」表達像「不，謝謝」這樣委婉的拒絕。韓國人想要知道生病的朋友是否感覺好一點時，也會用「괜찮아요？」來詢問。有人犯錯時，仍然是用「괜찮아요」來安慰他們。而且「괜찮아요？」還可以用來關心心情不好的朋友。

對於剛剛學說韓文的人，會對「괜찮아요」的不同用法感到困惑。想要理解這個短句，需要注意說話人的表情、語氣和身體語言，從而理解他要表達的意思。如果你覺得沮喪的時候，點頭後大聲說出「괜찮아요」，試著使用看看這個短句吧！

Lesson 14 지난주에 제주도에 여행 갔어요.

上週我去了濟州島旅行。

- 았 / 었어요：動作動詞和狀態動詞的過去式語尾
- 동안：長達…（用來指一段期間）
- 最高級 제일：「最」
- 比較級 더：「更」

關鍵句型和文法

얼마 동안 한국에서 살았어요?
你在韓國生活了多久？

2년 동안 살았어요.
我在韓國生活了兩年。

● 았 / 었어요：動作動詞和狀態動詞的過去式語尾

如果要將動作動詞和狀態動詞轉換成過去式，首先把它變為現在式，然後把요換成ㅆ어요。這條規則適用於所有的動詞，包括不規則動詞。

現在式		過去式
운동해요	→	운동했어요.

어제 공원에서 운동했어요. 我昨天在公園裡運動。
지난주에 조금 바빴어요. 上週我有點忙。

● 동안：長達…（用來指一段期間）

在一定的時間長度後加上助詞동안，可表達持續的期間。詢問時間長度時，應使用疑問詞얼마再加上동안。

1 A 얼마 동안 부산에서 일했어요? 你在釜山工作了多久？
B 6 (여섯) 달 동안 일했어요. 我在那裡工作了六個月。

2 A 얼마 동안 서울에서 살았어요? 你在首爾生活了多久？
B 4 (사) 년 동안 살았어요. 我在那裡生活了四年。

想知道……

表達數月的時間長度有兩種方式：
兩個月：2 (두) 달（달與純韓文數字連用）
2 (이) 개월（개월與漢字音數字連用）

最高級 제일：「最」

當想要表達「最…」時，無論是問句或答句，都可以在狀態動詞前面加上제일。

A 무슨 영화가 제일 재미있어요?
什麼電影最有趣？

B 코미디 영화가 제일 재미있어요.
喜劇最有趣。

名詞不可緊接在제일之後。

最好的朋友：
제일 친구 (×)
제일 좋은 친구 (◎)

比較級 더：「更」

比較兩個事物時，在狀態動詞前面加上더。

여름이 (겨울보다) 더 좋아요. 夏天（比冬天）更好。

要對方在眾多事物中做出選擇時，使用중에서。

A 빨간색하고 파란색 중에서 뭐가 더 좋아요?
紅色和藍色當中，哪一個比較好？

B 빨간색이 (파란색보다) 더 좋아요.
紅色（比藍色）更好。

想知道……

★ 더「更」
이게 더 비싸요. 這個更貴。

★ 다「全部」（副詞）
다 왔어요. 我們已經到了。

★ 또「也，再次」，用在兩個句子之間
또 만나요. 再見

★ 도「也」，用在名詞的後面
내일도 시간이 없어요. 我明天也沒有時間。

對話 1 track 19

吉娜 這次的旅行怎麼樣？
保羅 這次的旅行真有趣。
吉娜 你旅行了多久？
保羅 我旅行了三天。
吉娜 你去了哪裡？
保羅 我去了濟州島。
吉娜 你在濟州島做了什麼？
保羅 爬山，還有四處遊覽。

지나 이번 여행 어땠어요?

폴 정말 재미있었어요.

지나 얼마 동안 여행했어요?

폴 3일 동안 여행했어요.

지나 어디에 갔어요?

폴 제주도에 갔어요.

지나 제주도에서 뭐 했어요?

폴 등산했어요. 그리고 여기저기 구경했어요.

單字

이번 這次
여행 旅行
얼마 동안 多久
여행하다 去旅行
동안 長達（時間長度）
제주도 濟州島
여기저기 到處
구경하다 參觀

常用句

이번 여행 어땠어요?
這次的旅行怎麼樣？
얼마 동안 여행했어요?
你旅行了多久？
어디에 갔어요?
你去了哪裡？
뭐 했어요?
你做了什麼？

會話便利貼

★ 여행하다 = 여행 가다

這兩種表達方式都正確，只是使用了不同的助詞。
제주도를 여행했어요. = 제주도에 여행 갔어요.

★ 如何表達旅行的時間長度

在上面的對話中，3일 동안 여행했어요是用來談論旅行時間長度的常見表達方式，無論是出差或度假，三天兩夜的旅行叫做2박 3일（이박 삼일），當天來回的旅行叫做당일 여행。

對話 2 track 19

詹姆士 昨天你做了什麼？
理惠 我去了首爾觀光。
詹姆士 你最喜歡什麼地方？
理惠 我最喜歡南山。
詹姆士 南山怎麼樣？
理惠 風景美麗。
詹姆士 你還做了什麼？
理惠 在仁寺洞吃飯，而且還喝了韓國的傳統茶。

제임스 어제 뭐 했어요?

리에 서울을 구경했어요.

제임스 어디가 제일 좋았어요?

리에 남산이 제일 좋았어요.

제임스 어땠어요?

리에 경치가 아름다웠어요.

제임스 그리고 뭐 했어요?

리에 인사동에서 저녁 식사를 했어요.
그리고 전통 차도 마셨어요.

會話便利貼

★ 서울을 구경했어요. 在首爾觀光。

使用구경하다（觀光）時，去觀光的地方後要加上受格助詞을／를。

시내를 구경했어요.(o) 去市區觀光。
시내에서 구경했어요. (x)

★ 저녁 식사 (를) 하다 = 저녁 (을) 먹다

動詞하다和저녁 식사搭配，먹다和저녁搭配。

저녁 식사를 하다 (o) 저녁을 먹다 (o)
저녁 식사를 먹다 (x) 저녁을 하다 (x)

單字

어제 昨天
제일 最，第一
남산 南山（首爾著名的山）
경치 風景
아름답다 美麗
사동 仁寺洞（首爾的某個區域）
전통 차 傳統茶
마시다 喝

常用句

어제 뭐 했어요?
昨天做了什麼？
어디가 제일 좋았어요?
最喜歡哪裡？
어땠어요? 怎麼樣？
경치가 아름다웠어요.
風景美麗。
그리고 뭐 했어요?
還做了什麼？

發音 track 19

● 같이 → [가치]

緊跟在終聲ㄷ, ㅌ之後的音節為이時，ㄷ, ㅌ要連音至下一個音節，並發生音變為[ㅈ, ㅊ]。

⑴ ㄷ → [ㅈ] 해돋이[해도지], 굳이[구지]

⑵ ㅌ → [ㅊ] 밭이[바치], 끝이[끄치]

單字補充

1	옷을 입다	穿衣服
2	신발을 신다	穿鞋
3	사진을 찍다	照相
4	한국어를 배우다	學韓文
5	영어를 가르치다	教英文
6	선물을 주다	送禮
7	웃다	笑
8	울다	哭
9	친구를 기다리다	等待朋友

생각하다	思考
말하다	說
얘기하다	談話
선택하다	選擇
사용하다	使用
도와주다	幫助
물어보다	詢問
대답하다	回答
걱정하다	擔心
잃어버리다	遺失掉
잊어버리다	忘掉
찾다	尋找

在路上

A　我能幫您什麼嗎？
B　請給我一份地圖。
從諮詢處索取東西時的對話。

A　我可以幫您嗎？
B　是的，請幫幫我吧。
迷路的時候可以這麼說。

A　打擾了，請問售票處在哪裡？
B　請往這個方向走。
向路人問路時這麼說。

※路人要親自帶路時會說：
이쪽으로 오세요.「請走這邊。」

自我小測驗

文法

▸ 把以下的詞彙改為過去式。（1～3）

1　어제 집에서 책을 (1) ________ . 책이 (2) ________ .
　　　　　　　　　　　　읽다　　　　　　재미있다

2　지난주 토요일은 마크 씨 생일 (1) ________ . 마크 씨 집에서 파티를 (2) ________ .
　　　　　　　　　　　　　　　　　　　이다　　　　　　　　　　　　　　　　　하다

3　작년에 폴 씨가 한국에 ________ .
　　　　　　　　　　　　　오다

▸ 看圖回答問題。（4～6）

4　A　얼마 동안 잤어요?
　　B　________ 동안 잤어요.

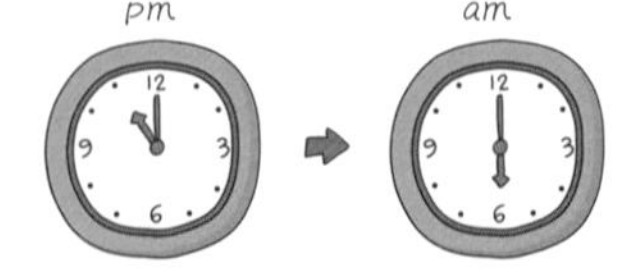

5　A　얼마 동안 여행했어요?
　　B　________ 동안 여행했어요.

6　A　얼마 동안 한국어를 배웠어요?
　　B　____________ 배웠어요.

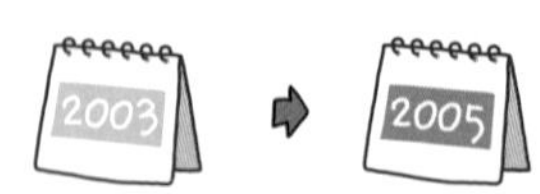

▸ 看圖回答問題。（7～8）

7　A　산하고 바다 중에서 어디가 더 좋아요?
　　B　________ 더 좋아요.

8　A　테니스하고 축구하고 농구 중에서 뭐가 제일 좋아요?
　　B　________ 제일 좋아요.

聽力

▸ 根據錄音中的內容，在對話的空白處填入正確的答案。（9～10） track 19

9 A 어제 제인 씨를 만났어요?
B ________________.
ⓐ ⓑ ⓒ ⓓ

10 A 냉면하고 비빔밥 중에서 뭐가 더 좋아요?
B ________________.
ⓐ ⓑ ⓒ ⓓ

閱讀

▸ 閱讀以下信件的內容後，回答問題。（11～12）

앤 씨에게

잘 지냈어요?

저는 오늘 친구를 만났어요. 친구하고 같이 저녁 식사 했어요.

그리고 극장에 갔어요. 그런데 영화 표가 없었어요.

그래서 남산에 갔어요. 남산에 사람들이 많이 있었어요.

우리는 거기에서 사진을 찍었어요. 그리고 친구하고 같이 차를 마셨어요.

우리는 40분 동안 얘기했어요. 그리고 11시 10분 전에 집에 왔어요.

오늘 정말 재미있었어요.

8월 11일

제인

11 제인 씨는 오늘 뭐 했어요?
ⓐ 영화 표를 샀어요. ⓑ 혼자 차를 마셨어요.
ⓒ 친구하고 점심 식사 했어요. ⓓ 남산에서 사진을 찍었어요.

12 제인 씨는 몇 시에 집에 왔어요?
ⓐ 10시 40분 ⓑ 10시 50분 ⓒ 11시 ⓓ 11시 10분

解答 p.279

韓國文化大不同

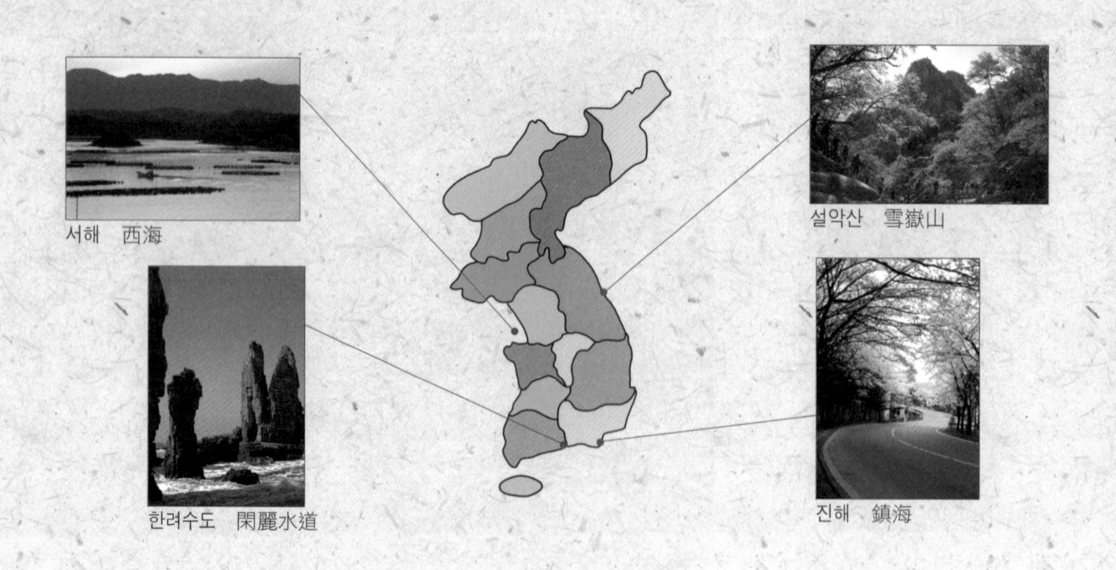

Q　韓國有哪些好地方值得參觀？

韓國有許多自然與人文景觀。如果你在韓國住上一段時間，一定要盡可能到處遊覽。

韓國四季分明，每個季節都有其獨特的風貌。春天在三四月間來臨，全羅道開滿了美麗的鮮花，山茶花和皇后樹讓麗水美名遠播，鎮海的櫻花也聞名遐邇，太白山有著名的梅花。夏天，登上太白山感覺美妙無比，從陡峭的智異山山頂看到的風景輝煌壯麗。八月份，全羅南的寶城茶田繽紛多彩。秋天在十月左右到來，整個國家籠罩著五顏六色的樹葉，要享受秋的妙韻，內藏山是最引人入勝的地方。而到了冬天，江原道的山峰則是最好的滑雪聖地。

如果你想要欣賞一些文化景觀，去看看千年歷史的前朝首都慶州吧。在這座新羅王國的前朝古都裡，能夠看到許多古老的寺廟以及考古學家眼中的藝術品，並且能夠體會到韓國傳統文化的真諦。

若想要多瞭解孔子儒家文化，那就去考察一下安東的陶山書院（古代的一所儒家大學）和河回村吧。對陶瓷手藝感興趣的話，建議你去利川的陶瓷學院。如果你想要體驗更特別的事物，就去參觀濟州島。

別只是坐在那裡閱讀韓國的自然和文化美景，現在就出發去體驗！

欲獲得更多關於這些景點的資訊，請上網瀏覽 http://tour2korea.com。

Lesson 15 내일 한국 음식을 만들 거예요.
明天我要做韓國菜。

- （으）ㄹ 거예요：未來式
- 否定形式못：「不能」

(으) ㄹ 거예요：未來式

(으) ㄹ 거예요 是 아 / 어요的未來式，根據動詞語幹有無終聲，可將其改變為未來式。

前面無終聲	前面有終聲
내일 여행 갈 거예요. 我明天要去旅行。	내일 책을 읽을 거예요. 我明天要看書。

이번 주에 너무 바빴어요. 그래서 이번 주말에 집에서 쉴 거예요.
這週我太忙了，所以這個週末我要在家休息。

對於狀態動詞，這種句型意味著一種猜測或輕微的不確定性，就像「可能會／可能要」的語感。要讓意思更明確，使用單字아마「可能」。

前面無終聲	前面有終聲
마크 씨가 아마 바쁠 거예요. 馬克可能會忙碌。	지나 씨가 아마 기분이 좋을 거예요. 吉娜或許會心情不錯。

除了一般的規則變化之外，還有一些不規則動詞的特殊變化。

ㄷ不規則動詞：듣다 → 들을 거예요

내일 음악을 들을 거예요. 我明天要聽音樂。

ㅂ不規則動詞：어렵다 → 어려울 거예요

이번 시험이 어려울 거예요. 這次的測驗可能會有點難。

否定形式 못：「不能」

表達主詞因為某種原因不能做某事時，可以使用못「不能」。在句子中못的位置和안的位置相同。

動詞하다	其他動作動詞
일 못 해요.	못 자요.
운동 못 해요.	못 먹어요.

오늘 시간 없어요. 그래서 운동 못 해요.
我今天沒有時間，所以我不能去運動。

어제 커피를 많이 마셨어요. 그래서 못 잤어요.
我昨天喝了很多咖啡，所以無法入睡。

안和못的位置

	動詞하다	其他動作動詞
안**不**	일 안 해요.	안 가요.
못**不能**	일 못 해요.	못 가요.

	動詞하다	其他狀態動詞
안**不**	안 피곤해요.	안 비싸요.
못**不能**	못不能和狀態動詞搭配使用。	

對話 1 track 20

幼珍 明天你要做什麼？
詹姆士 沒什麼特別的事要做，為什麼這麼問？
幼珍 太好了。明天我們要在家做韓國菜。
詹姆士 你們打算明天什麼時候做？
幼珍 我們打算明天下午大約兩點做。
詹姆士 我明白了，明天見。

유진 내일 뭐 할 거예요?

제임스 별일 없어요. 왜요?

유진 잘됐어요.

내일 우리 집에서 한국 음식을 만들 거예요. 같이 만들어요.

제임스 내일 언제 만들 거예요?

유진 오후 2시쯤 만들 거예요.

제임스 알겠어요. 내일 봐요.

單字

내일 明天
우리 집 我家

常用句

내일 뭐 할 거예요?
明天你要做什麼？
별일 없어요.
沒什麼特別的事。
잘됐어요. 太好了。
알겠어요. 我明白了。
내일 봐요. 明天見。

會話便利貼

★ 잘됐어요.「太棒了／太好了／結果不錯！」

事情如你所願或聽到好消息時，可以用這句話表達。此外，事情不如人願或聽到壞消息時，可以說안됐어요。如果你想表達訝異，使用如同잘 됐네요和안됐네요裡的詞尾네요。

1 A 제인 씨가 회사에 취직했어요. 珍找到工作了。
B 잘됐어요. 太好了（=잘됐네요.帶有驚喜的語感）。

2 A 폴 씨가 시험에 떨어졌어요. 保羅考試沒過。
B 안됐어요. 太糟了（=안됐네요.帶有驚訝的語感）。

對話 2 track 20

吉娜 馬克，下星期五，我要去安的家裡，我們一起去吧。
馬克 不好意思，我不能去。
吉娜 為什麼？有什麼事嗎？
馬克 下個星期四，我要去日本出差。
吉娜 喔，是嗎？你要在那裡待多久？
馬克 我要在那裡待五天。
吉娜 好的，我知道了，那麼祝你出差順利。

지나 마크 씨, 다음 주 금요일에 앤 씨 집에 갈 거예요. 같이 가요.

마크 미안해요. 못 가요.

지나 왜요? 무슨 일이 있어요?

마크 다음 주 목요일에 일본에 출장 갈 거예요.

지나 그래요? 얼마 동안 거기에 있을 거예요?

마크 5일 동안 있을 거예요.

지나 네, 알겠어요. 그럼, 출장 잘 다녀오세요.

單字

다음 주 下週
못 不能
목요일 星期四
일본 日本
출장 出差
출장 가다 去（出差）
거기 那裡
잘 好
다녀오다 往返，去一趟回來

常用句

미안해요. 對不起。
무슨 일이 있어요? 有什麼事嗎？
얼마 동안 일본에 있을 거예요? 你會在日本待多長時間？
출장 잘 다녀오세요. 祝你出差順利。

會話便利貼

★ 거기「那裡」

上面的對話中用거기「那裡」指代日本，當談話雙方所指稱的地方無法看見時，用거기「那裡」指代，而不是用저기。但是，如果所指稱的地方談話雙方都能夠看見，如窗外的大樓，這時就應該使用저기。

★ 알겠어요.「我明白了。」vs. 알아요.「我知道。」

如果用中文直接翻譯的話，알겠어요的意思是「我明白了」，而알아요的意思是「我知道」。在上文的對話裡，所要表達的是明白、理解對方的話，應該使用알겠어요。

發音 track 20

- 못 해요 → [모태요], 못 먹어요 → [몬머거요]

1. 못的終聲ㅅ發[ㄷ]，不過後面緊接的音節其初聲為ㅎ時，[ㄷ]與ㅎ連音後發[ㅌ]。

   못 해요 → [모태요]

2. 못的終聲ㅅ發[ㄷ]，不過後面緊接的音節其初聲為ㄴ或ㅁ時發[ㄴ]。

   못 나가요 → [몬나가요], 못 마셔요 → [몬마셔요]

單字補充

크다 / 작다
大／小

춥다 / 덥다
冷／熱

키가 크다 / 키가 작다
高／矮

길다 / 짧다
長／短

가깝다 / 멀다
近／遠

재미있다 / 재미없다
有趣／無聊

같다 / 다르다
相同／不同

비싸다 / 싸다
昂貴／便宜

좋다 / 나쁘다
好／差

많다 / 적다
多／少

배고프다 / 배부르다
餓／飽

어렵다 / 쉽다
困難／簡單

조용하다 / 시끄럽다
安靜／吵鬧

가볍다 / 무겁다
輕／重

깨끗하다 / 더럽다
乾淨／骯髒

뚱뚱하다 / 마르다
胖／瘦

어둡다 / 밝다
黑暗／明亮

實用短句

對消息做出反應的表達方式

A　珍通過考試了。
B　太棒了。
聽到好消息時的反應。

A　真洙沒有通過考試。
B　真遺憾！
聽到壞消息時的反應。

A　真是幸好！
聽到讓你擔心的事，但結果還不壞時的反應。

A　糟糕！
聽到讓你擔心的事情時的反應。

自我小測驗

文法

▸ 把以下劃線的單字改為未來式時態。（1～3）

1 오늘 친구를 만나요. 내일도 친구를 ________ .

2 이번 주말에 한국어 책을 읽어요. 다음 주말에도 한국어 책을 ________ .

3 이번 달에 영화를 봐요. 다음 달에도 영화를 ________ .

▸ 把以下的動詞改為未來式。

4

(1)
오다 → 올 거예요
마시다 →
배우다 →

(2)
먹다 →
읽다 →
받다 →

(3)
살다 →
만들다 →
듣다 →

▸ 參考例句，看圖回答問題。（5～6）

Ex. A 내일 같이 여행 가요.
B 미안해요. 같이 못 가요 . 요즘 너무 바빠요.

5 A 같이 영화 봐요.
B 미안해요. ________ . 다른 약속이 있어요.

6 A 같이 술 마셔요.
B 미안해요. ________ . 감기에 걸렸어요.

聽力

▸ 聽錄音中的問題，從以下的選項中選出正確答案。（7～8） track 20

7
ⓐ 친구 집에 갈 거예요.
ⓑ 친구 생일이 아니에요.
ⓒ 친구를 안 만날 거예요.
ⓓ 내일이 5월 20일이에요.

8
ⓐ 여행 시간이 많아요.
ⓑ 기차표를 살 거예요.
ⓒ 다른 약속이 있어요.
ⓓ 여행사에서 일 안 해요.

閱讀

▸ 閱讀以下的句子，選擇適當的短句填入空白處。（9～10）

9

한국에서 여섯 달 동안 한국어를 공부했어요. 하지만 아직 한국어를 ________.
한국어가 좀 어려워요. 한국어를 더 열심히 공부할 거예요.

ⓐ 잘 해요　　ⓑ 안 해요
ⓒ 잘 못 해요　　ⓓ 잘 안 해요

10

마크 씨는 회사원이에요. 회사가 서울에 있어요.
그런데 내일은 회사에 안 가요. 왜냐하면 부산에서 회의가 있어요.
그래서 내일 마크 씨가 부산에 ________.

ⓐ 이사 갈 거예요　　ⓑ 출장 갈 거예요
ⓒ 여행 갈 거예요　　ⓓ 안 갈 거예요

解答 p.279

韓國文化大不同

Q 韓國人在不同的場合送什麼樣的禮物？

文化和性格也主導著送禮的習慣，韓國人送什麼樣的禮物呢？韓國人到朋友家裡拜訪時，他們經常帶些水果。此外，拜訪工作上有往來的同事或客戶時，韓國人往往會帶些果汁。

對於慶祝喬遷的派對，韓國人通常會送肥皂或衛生紙。肥皂有特殊的涵義，人們期望好運會像肥皂泡沫一樣在家裡面不斷增長。新婚夫婦剛剛搬到自己的公寓時，通常會收到至少夠他們用一年的肥皂和衛生紙。

如果你參加朋友小孩的一歲生日宴會，金戒指是最典型的禮物了。多數韓國人成年後仍然保留著一週歲生日時得到的一兩枚金戒指。近年，有些人願意用錢來代替金戒指，不過一週歲生日仍然和金戒指聯繫在一起。幾乎在任何一家珠寶店裡，你都能找到特殊的「一週歲生日」金戒指。

面臨大考的學生通常會收到엿（麥芽糖）或찹쌀떡（糯米糕）。在韓國，動詞「通過」（붙다）和動詞「黏住」（붙다）是同一個字，所以學生們常會收到黏黏的禮物，以祝賀對方通過大考。

像結婚或葬禮這樣的大事，和台灣的習俗一樣，韓國人會準備好裝著錢的信封。這個傳統來自於財產共有的古代社會。在過去，當一個家庭遇到大事或危難時，別人會捐錢或提供勞力，他們知道如果以後他們需要幫助，別人也會回饋給他們。如果你正好參加了婚禮或葬禮，就會看到有人在迎賓處專門負責接受客人裝著錢的信封（但在韓國，婚禮的禮金袋是白色，喪禮的禮金袋是紅色，正好與台灣相反。）。

Lesson 16 같이 영화 보러 갈 수 있어요?

可以一起去看電影嗎？

- (으) ㄹ 수 있다 / 없다：「能／不能」
- (으) 러 가다 / 오다：「為了（動詞）～去／來」
- (으) ㄹ게요：表達強烈的意圖，「我要」

(으) ㄹ 수 있다 / 없다：「能／不能」

使用這個句型來表示某人是否能夠做什麼動作，否定（不能做…）用～（으）ㄹ 수 없다來表達。

	前面無終聲	前面有終聲
肯定	할 수 있어요. 能做。	읽을 수 있어요. 能讀。
否定	할 수 없어요. 不能做。	읽을 수 없어요. 不能讀。

1 A 운전할 수 있어요? 你能開車嗎？
B 네, 운전할 수 있어요. 是的，我能開車。

2 A 이 음식을 혼자 다 먹을 수 있어요? 你能一個人吃掉所有這些食物嗎？
B 아니요, 먹을 수 없어요. 不，我無法吃掉所有食物。

變成不同時態的句子時，只要把있다 / 없다的語尾稍作變化就可以了。

過去 읽을 수 있었어요. 過去能夠閱讀。
未來 읽을 수 있을 거예요. 將來能夠閱讀。

想知道……

못 해요常被用來當作할 수 없어요的縮略短句。
A 수영할 수 있어요? 你能游泳嗎？
B 아니요, 못 해요. 不，我不能。

(으) 러 가다 / 오다：「為了（動詞）～去／來」

為了做某事而要去或來某個地方時，用這個句型來表達。

前面無終聲	前面有終聲
친구를 만나러 가요. 我要去見朋友。	점심을 먹으러 가요. 我要去吃午飯。

A　왜 극장에 가요?　　你為什麼要去電影院？

B　영화 보러 가요.　　我要去看電影。

句子改變時態時，只改變가다 / 오다的語尾就可以了。

過去　일하러 왔어요.　　我來（為了）工作。

未來　옷을 사러 갈 거예요.　　我會去（為了）買衣服。

(으) ㄹ게요：表達強烈的意圖，「我要」

想要向聽者強調做某事的決心或意圖時，使用～（으）ㄹ게요的句型。這個句型只能和單數主詞「我」搭配使用，且不能用來組成疑問句。

前面無終聲	前面有終聲
먼저 갈게요. 我要先走了。	먹을게요. 我要吃了。

A　뭐 먹을 거예요?　　你要吃什麼？

B　갈비 먹을게요.　　我要吃排骨。

對話 1 track 21

珍	你能游泳嗎？
真洙	不能。
珍	那麼，你能打網球嗎？
真洙	可以，不過我打得不好。
珍	沒關係，我會教你。明天我們一起去打網球吧。
真洙	好啊。

제인 수영할 수 있어요?

진수 아니요.

제인 그럼, 테니스 칠 수 있어요?

진수 칠 수 있어요. 그런데 잘 못 해요.

제인 괜찮아요. 제가 가르쳐 줄게요.
내일 같이 테니스 치러 가요.

진수 좋아요.

單字

수영하다 游泳
테니스 網球
테니스 치다 打網球
제가 我
가르쳐 주다 教

常用句

잘 못 해요.
我不擅長（謙虛的表達方式）。
괜찮아요. 沒關係。
제가 가르쳐 줄게요.
我會教你。
내일 같이 테니스 치러 가요.
明天我們一起去打網球吧。

會話便利貼

★ **單數主詞제가和저는的比較：**
韓文中有兩種方式可以表達單數主詞「我」：제가（與主格助詞이 / 가搭配使用）和저는（與可點出主題的助詞은 / 는搭配使用）。儘管主格助詞的使用最頻繁，但當你想要強調「我」是一個新主題（例如介紹自己的時候），或強調有所不同時，應該使用助詞은 / 는。不過在（으）ㄹ게요的句型中，通常使用제가。

제가（=저는）친구를 만났어요. 我遇到一個朋友。

對話 2 track 21

詹姆士 這個星期六有空嗎？
吉娜 怎麼了？
詹姆士 我有兩張電影票。可以一起去看電影嗎？
吉娜 對不起，我另外有約了。
詹姆士 我明白了，下次一起去吧。
吉娜 真的不好意思。

제임스 이번 주 토요일에 시간 있어요?

지나 왜요?

제임스 영화 표가 두 장 있어요.

같이영화 보러 갈 수 있어요?

지나 미안해요. 다른 약속이 있어요.

제임스 알겠어요. 다음에 같이 가요.

지나 정말 미안해요.

單字

토요일 星期六
다른 不同的，另一個
약속 約會

常用句

이번 주 토요일에 시간 있어요?
這個星期六有空嗎？
같이 영화 보러 갈 수 있어요?
可以一起去看電影嗎？
다른 약속이 있어요.
我另外有約了。
다음에 같이 가요.
下次一起去吧。
정말 미안해요.
真的很抱歉。

會話便利貼

★ 다음에「下次」
你覺得某人很難約，並且希望有機會能夠另外約時間見面，你可以使用다음에「下次」這個表達方式。另外，如果和對方道別之後，在短時間內（如一天之內）還會再見面，可以使用이따가「一會兒」。

發音 track 21

● 좋아요 → [조아요]

終聲ㅎ後面跟隨母音時，ㅎ不發音。

⑴ 많이 → [만이]

⑵ 괜찮아요 → [괜차나요]

單字補充

動詞치다的意思是「打」，和테니스（網球）、탁구（桌球）、피아노（鋼琴）搭配使用。

테니스를 치다

탁구를 치다

피아노를 치다

動詞타다「騎／搭乘」和스케이트（溜冰）、스키（滑雪）、자전거（腳踏車）搭配使用。

스케이트를 타다

스키를 타다

자전거를 타다

動詞하다和團隊運動축구（足球）、농구（籃球）、태권도（跆拳道）搭配使用。

축구를 하다

농구를 하다

태권도를 하다

實用短句

接受邀請

A　你什麼時候有空？
B　任何時候都可以。

其他表達方式：
어디든지.「任何地方。」
뭐든지.「任何事情。」
누구든지.「任何人。」

拒絕邀請

A　我們一起吃午飯吧！
B　不好意思。（代表拒絕）

(2)

(3)

(4)

(1) 我沒有時間。
(2) 我還有許多工作要做。
(3) 我有其它約會。
(4) 我身體不舒服。
以上是可當作委婉拒絕的理由。

自我小測驗

文法

▸ 看圖選出正確答案。（1～3）

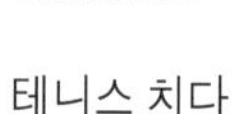

축구하다

스키 타다

1 폴 씨가 테니스 칠 수（있어요.／없어요.）

2 폴 씨가 축구할 수（있어요.／없어요.）

3 폴 씨가 스키 탈（있어요.／없어요.）

▸ 選出問題的正確答案。（4～7）

4 왜 식당에 가요?
ⓐ 운동하러 식당에 가요.
ⓑ 점심을 먹으러 식당에 가요.

5 왜 회사에 가요?
ⓐ 일하러 회사에 가요.
ⓑ 쉬러 회사에 가요.

6 왜 극장에 가요?
ⓐ 요리하러 극장에 가요.
ⓑ 영화를 보러 극장에 가요.

7 왜 학교에 가요?
ⓐ 옷을 사러 가요.
ⓑ 한국어를 배우러 가요.

▸ 閱讀以下的對話後，選出正確的答案。（8～9）

8 A 비빔밥이 조금 매워요.
B 그래요? 그럼, 다른 음식을（먹을게요.／먹을 수 없어요.）

9 A 다음 주에 같이 영화 봐요.
B 미안해요,（같이 영화 볼게요.／같이 영화 볼 수 없어요.）

聽力

▸ 從錄音中的選項選出正確的答案，完成以下的句子。（10～11）track 21

10 일본어로 얘기할 수 있어요. 그래서 ___________

ⓐ ⓑ ⓒ ⓓ

11 자동차를 운전할 수 없어요. 그래서 ___________

ⓐ ⓑ ⓒ ⓓ

閱讀

▸ 閱讀以下的內容後，回答問題。

안녕하세요? 저는 제인이에요.
캐나다 대학교에서 1년 동안 한국어를 공부했어요.
그래서 한국어를 조금 할 수 있어요.
한국 문화를 공부하러 한국에 왔어요.
저는 한국 음식을 정말 좋아해요.
김치하고 비빔밥, 매운 음식도 다 먹을 수 있어요.
하지만 한국 음식을 만들 수 없어요.
그래서 다음 주에 한국 요리를 배우러 요리 학원에 갈 거예요.

12 以下哪一項最符合上述的內容？

ⓐ 제인 씨가 여행하러 한국에 왔어요.
ⓑ 제인 씨가 한국 요리를 배울 거예요.
ⓒ 제인 씨가 한국 음식을 먹을 수 없어요.
ⓓ 제인 씨가 캐나다 대학교에서 한국어를 가르쳤어요

解答 p.280

韓國文化大不同

Q 你聽說過「謙虛是一種美德」這句諺語嗎？

問韓國人會不會說英語時，即使他的英語說得不錯，他也會禮貌地回答說他不擅長說英語。當然，如果他的英語真的說得不好，他會實話實說。不過在韓國，在絕大多數的情況下，遇見這類問題都會表達謙虛，那就是回答「잘 못 해요」（我說得不好）。

韓國人認為謙虛很重要，尤其在和需要表示尊重的人談話時。在西方，誠實很重要，而在韓國，謙虛比誠實更重要。韓國社會中，在善解人意和睿智的人面前，愈有能力的人會表現得愈謙虛，而不是炫耀他們的才能。這就是人們會說「잘 못 해요」（我做得不好）的原因。其實他們自己和其他人都知道，他們實際上能夠做得不錯，只是任何時候都需要展示自己的謙虛。然而，在工作面試或類似的情境中，不擅長自吹自擂的韓國人看起來會顯得能力不足。這句話使用於不同的情形下，可能想要表達的是謙虛，但也可能會顯得能力不足。

下次韓國人誇你的韓文說得好時，請謙虛地回答「잘 못 해요」。

Lesson 17 미안하지만, 다시 한번 말해 주세요.

不好意思，請再說一遍。

- 아 / 어 주세요：「請為我做（動詞）」
- （이）요?：確認資訊

아 / 어 주세요：「請為我做（動詞）」

請某人為你做某事時，用아 / 어요動詞的現在式，去掉요加上주세요，以表達客氣的請求。

現在

말해요 + 주세요 → 말해 주세요
기다려요 + 주세요 → 기다려 주세요

> 注意
> 도와 주세요.
> 請幫助我。

길을 가르쳐 주세요. 請告訴我怎麼走。
얘기해 주세요. 請對我說。
이름을 써 주세요. 請寫下你的名字。
전화해 주세요. 請打電話給我。

請求時使用좀「請」傳達出禮貌的意味。如果句子沒有主詞，在句子的開始使用좀。不然，在受詞後面使用좀，而不使用受格助詞을 / 를。

좀 자세히 말해 주세요. 請說得仔細一點。
사진 좀 찍어 주세요. 請幫我拍照。
영수증 좀 주세요. 請給我收據。
물 좀 주세요. 請給我水。

(이) 요? ：確認資訊

如果你沒有聽明白資訊，或想要確認你聽到的是否正確，你可以在想要確認或重複的名詞後面使用（이）요?。使用네?的時候，表達的是沒有聽清楚資訊。

前面無終聲	前面有終聲
11시요? 十一點嗎？	여권이요? 護照嗎？

1 A 영화가 11시에 시작해요. 電影十一點開始。
B 네? 몇 시요? 11시요? 你說什麼？幾點？十一點嗎？

2 A 여권이 필요해요. 需要護照。
B 여권이요? 護照嗎？

和親密的朋友或身份比自己低的人（例如晚輩）在一起時，你可以只問11시? 或여권?，而不使用語尾（이）요?。不過，在其他情況下，需要使用語尾（이）요?

※沒有聽清楚，並且想要問明白時，使用以下的疑問詞。

誰？	什麼時候？	哪裡？	為什麼？	怎麼樣？	什麼？
누구요?	언제요?	어디요?	왜요?	어떻게요?	뭐요?

對話 1 track 22

吉娜 我們明天五點在明洞地鐵站四號出口碰面吧。
保羅 你說什麼？我聽不清楚。不好意思，請再說一遍。
吉娜 明天五點在明洞地鐵站四號出口碰面。
保羅 幾號出口？
吉娜 四號出口。
保羅 好，我明白了。

지나 내일 5시에 명동 지하철역 4번 출구에서 만나요.
폴 네? 잘 못 들었어요.
미안하지만, 다시 한 번 말해 주세요.
지나 내일 5시에 명동 지하철역 4번 출구에서 만나요.
폴 몇 번 출구요?
지나 4번 출구요.
폴 네, 알겠어요.

單字

명동 明洞（首爾的購物區）
역 車站
4번 四號
출구 出口
만나다 碰面
듣다 聽，聽到
다시 再次
말하다 說

常用句

네? 你說什麼？
잘 못 들었어요.
我聽不清楚。
미안하지만, 다시 한 번 말해 주세요.
不好意思，請再說一遍。

會話便利貼

★ 使用못時注意：
韓文中，動詞보다「看到」和듣다「聽到」與否定型 못 搭配使用，而不與否定型 안 搭配使用。上面的對話中，由於電話聽不清楚不是出於自己的意願，這種情況應該說 못 들었어요，而不是 안 들었어요。當表達是由於自己的意願而不看或不聽時，則應該用否定型 안。

A 마크 씨 봤어요? 你看到馬克了嗎？
B 아니요, 못 봤어요. 不，我沒有看到他。

對話 2 track 22

馬克 喂
安 馬克，我是安。
馬克 安，你現在在哪裡？
安 我在公車上。對不起，現在路上很塞。
馬克 這樣嗎？你大約何時能到？
安 請等我大約三十分鐘。
馬克 我明白了，我會等妳的。

마크 여보세요.

앤 마크 씨, 저 앤이에요.

마크 앤 씨, 지금 어디에 있어요?

앤 지금 버스에 있어요.
미안해요. 길이 너무 많이 막혀요.

마크 그래요? 언제쯤 도착할 수 있어요?

앤 30분쯤 기다려 주세요.

마크 알겠어요. 기다릴게요.

單字

길 路
너무 많이 太多
막히다 被堵住
도착하다 到達
기다리다 等待

常用句

여보세요. 喂。
길이 너무 많이 막혀요.
現在路上很塞。
언제쯤 도착할 수 있어요?
你大約何時能到？
30분쯤 기다려 주세요.
請等我大約三十分鐘。
기다릴게요. 我會等你的。

會話便利貼

★ 여보세요.「喂。」（電話中使用）
這個招呼只用在電話中。

★ 저 앤이에요. 我是安。
在電話裡介紹自己時，可去掉助詞는。

A 여보세요. 喂。
B 폴 씨, 저 (는) 유진이에요. 保羅，我是幼珍。

發音 track 22

- 의자 → [의자], 편의점 → [펴니점], 친구의 책 → [친구에 책]

의的發音隨著它所在位置的改變而改變

1. 의在單字的第一個音節時，它的發音是[의]。
   의사 → [의사]

2. 의出現在第二個音節時，它的發音是[이]。
   수의사 → [수이사]

3. 의用做所有格時，它的發音是[에]。
   선생님의 가방 → [선생님에 가방]

單字補充

1	문	門	6	복도	走廊
2	창문	窗戶	7	엘리베이터	電梯
3	정수기	淨水器	8	계단	樓梯
4	자판기	自動販賣機	9	비상구	緊急出口
5	휴지통	垃圾桶	10	소화기	滅火器

實用短句

外國人常使用的表達方式

A 請慢慢說。

A 請大聲說。

A 請再說一次。

A 請用英語說。

自我小測驗

文法

▸ 完成右邊的句子，然後把每個句子和適當的回答連接起來。（1～3）

Ex. 전화번호를 몰라요. • • ⓐ 잠깐________. (기다리다)

1 잘 못 들었어요. • • ⓑ 돈을________. (빌리다)

2 오늘 돈이 없어요. • • ⓒ 전화번호를 가르쳐 주세요. (가르치다)

3 5분 후에 올 거예요. • • ⓓ 다시 한 번________. (얘기하다)

▸ 閱讀以下的對話後，在空白處寫下正確的答案。（4～5）

4 A 요즘 태권도를 배워요.
B 네? ____________________?

태권도?

5 A 다음 주에 시험이 있어요.
B 네? ____________________?

시험?

▸ 閱讀以下的對話後，在空白處寫下正確的答案。（6～9）

6 A 여행 얘기 들었어요?
B 아니요, ________ 들었어요.

7 A 마크 씨 봤어요?
B 아니요, ________ 봤어요.

8 A 뉴스 들었어요?
B 아니요, ________.

9 A 새 영화 봤어요?
B 아니요, ________.

聽力

▸ 從錄音中的選項選出正確的答案，完成以下的句子。（10～12） track 22

10 잘 못 들었어요. ____________.

ⓐ　ⓑ　ⓒ　ⓓ

11 테니스를 잘 못 쳐요. ____________.

ⓐ　ⓑ　ⓒ　ⓓ

12 지금 전화할 수 없어요. ____________.

ⓐ　ⓑ　ⓒ　ⓓ

閱讀

▸ 把下列的句子按順序排列。

MEMO

민수 씨, 오늘 저녁에 마크 씨 생일 파티에 못 가요.

ⓐ 그런데 제가 마크 씨 전화번호를 몰라요.

ⓑ 왜냐하면 시간이 없어요.

ⓒ 그러니까 파티에서 마크 씨한테 얘기해 주세요.

ⓓ 그래서 마크 씨한테 전화 못 했어요.

정말 고마워요.

리에.

13 (ⓑ) → ( ) → ( ) → ( )

解答 p.280

韓國文化大不同

Q 應該怎樣和陌生人說話？

應該怎樣和陌生人說話呢？由於韓國人很少使用人稱代名詞「你」，所以你以為要先大致判斷對方的年齡，然後稱呼所有較年長的人為할머니（奶奶）或할아버지（爺爺），稱呼中年人아줌마（阿姨／大嬸）或아저씨（先生／大叔），稱呼年輕人학생（同學）嗎？答案是不可以。

如果你需要在公共場合和一個陌生人說話，例如在街上或地鐵上，最好委婉地稱呼他，避免因為稱呼不當而產生誤會。最初用저或저기요稱呼，一旦引起了對方的注意，你就可以開始說話了。

不過，在餐廳，你可以揮動你的手臂並且說여기요來引起服務人員的注意。這個方法在叫計程車時也適用。這些情況下，最好要大聲說話，才能引起服務人員和計程車司機的注意。

其他情形下也可以對陌生人使用저기요。這種方式可以讓你避免所有稱謂方面的問題。

Lesson 18 저도 한국어를 배우고 싶어요.

我也想學韓文。

- 고 싶다：「想要～（動詞）」
- 지 않아요?：「不～嗎？」
- 아 / 어 보다：「試著～（動詞）」

關鍵句型和文法

고 싶다：「想要～（動詞）」

這個句型表達想要做某事的願望，在動詞語幹後面加上고 싶다。

A 어디에서 저녁 먹고 싶어요? 你想在哪裡吃飯？
B 한국 식당에서 먹고 싶어요. 我想在韓國餐廳吃飯。

只改變싶다就可以改變時態。

過去 어제 친구를 만나고 싶었어요. 그런데 못 만났어요.
我昨天想和朋友見面，不過，我沒有遇到他。
未來 다시 보고 싶을 거예요. 我會想再見到她的。

지 않아요?：「不～嗎？」

韓文中有兩種方式組成否定句：在動詞前面加안（在 Lesson 13 中學過的動詞），或在動詞語幹後面加上지 않다。儘管這兩種方式的否定句在意思上沒有差別，但在對話時，人們習慣使用較短的안來否定；書寫時，人們往往使用長一點的지 않다句型。

較長的지 않다句型還有另外一種用途，這是用問句的形式再次確認訊息，以表達委婉、禮貌的語氣。

前面無終聲	前面有終聲
바쁘지 않아요? 不忙嗎？	춥지 않아요? 不冷嗎？

아 / 어 보다：「試著～（動詞）」

這個句型用來描述想要做某事或進行某種行為的意圖，用動詞的現在式아 / 어요，去掉요加上보다。以下三個句型都是從아 / 어 보다衍生而來的，在此分別詳細說明。

1. 가요 + 봤어요 → 가 봤어요

用這個句型描述過去做過的事情，使用動詞的現在式，去掉요，加上봤어요。

A	경주에 가 봤어요?	你去過慶州嗎？
B	네, 한번 가 봤어요.	是的，我去過一次。

2. 가요 + 보세요 → 가 보세요

建議某人嘗試某事時，使用這個句型。使用動詞的現在式，去掉요，加上보세요。

경주에 가 보세요. 去慶州看看吧！

3. 가요 + 볼게요 → 가 볼게요

用這個句型來描述下定決心要做某事。使用動詞的現在式，去掉요，加上볼게요。

한번 가 볼게요. 我會去一趟的。

對話 1 track 23

詹姆士 最近過得如何？
珍 過得不錯，最近我在學習韓文。
詹姆士 喔，真的嗎？我也想學習韓文。不過，韓文不難嗎？
珍 不難，很有趣。詹姆士，你也應該試一試。
詹姆士 好，我會試一試。

제임스 요즘 어떻게 지내요?
제인 잘 지내요. 요즘 한국어를 배워요.
제임스 그래요? 저도 한국어를 배우고 싶어요.
그런데 한국어가 어렵지 않아요?
제인 안 어려워요. 재미있어요.
제임스 씨도 한번 시작해 보세요.
제임스 네, 한번 해 볼게요.

單字

지내다 過日子
어렵다 困難的
시작하다 開始

常用句

요즘 어떻게 지내요? 最近過得怎麼樣？
잘 지내요. 過得不錯。
어렵지 않아요? 不難嗎？
한번 시작해 보세요. 請試一試。
한번 해 볼게요. 我會試一試。

會話便利貼

★ 요즘 어떻게 지내요? 最近過得如何？

這個短句通常在對話開始時使用，對話者往往是有一段時間沒有見面的人，典型的答覆是잘 지내요「過得不錯」。

★ 用한번表示勸說

當勸說某人嘗試某事時，한번常用在動詞的前面。但是這裡的한번是表示「試一次」的意思，並不是計算次數時的「一次」。

對話 2 track 23

馬克　你試過用網路購物嗎？
幼珍　是的，不過為什麼這麼問？
馬克　我想在網路上訂購一台電子字典。
幼珍　喔，真的嗎？你曾經去過 Gana 購物中心嗎？
馬克　不，我沒有去過。
幼珍　那麼去 Gana 購物中心吧，那裡價格便宜，而且東西也多。
馬克　我會去那裡試試，謝謝。

마크　인터넷으로 물건 사 봤어요?

유진　네, 그런데 왜요?

마크　인터넷으로 전자 사전을 주문하고 싶어요.

유진　그래요? 혹시 가나 쇼핑몰에 가 봤어요?

마크　아니요, 못 가 봤어요.

유진　그럼, 가나 쇼핑몰에 가 보세요.
거기는 값이 싸요. 그리고 물건도 많이 있어요.

마크　가 볼게요. 고마워요.

單字

인터넷 網路
인터넷으로 透過網路
물건 東西
사다 買
전자 사전 電子詞典
주문하다 訂購
쇼핑몰 購物中心
값 價格
싸다 便宜

常用句

그런데 왜요?
不過為什麼這麼問？
혹시 가나 쇼핑몰에 가 봤어요?
你去過 Gana 購物中心嗎？
아니요, 못 가 봤어요.
不，我沒去過。

會話便利貼

★ **助詞（으）로，「以…方式，經由、用、透過」**
如果名詞是以母音結尾，使用로；如果名詞是以子音結尾，使用（으）로；如果名詞以ㄹ結尾，使用로。

전화로 이야기해요.	用電話交談。
인터넷으로 물건을 사요.	用網路購物。
연필로 써요.	用鉛筆寫字。

★ **그런데「順便一提，不過」**
突然改變話題時使用。

發音 track 23

● 거기 → [거기] / 고기 → [고기]

母音ㅗ和ㅓ常被讀錯，ㅗ是圓唇音，ㅓ的發音介於ㅏ和ㅗ之間，嘴張開呈半月形。練習下面單字的發音。

(1) 더 / 도

(2) 서리 / 소리

(3) 넣어요 / 놓아요

單字補充

1	바쁘다	忙碌
2	심심하다	無聊
3	시원하다	涼爽，暢快
4	건강하다	健康
5	멋있다	帥，有型
6	예쁘다	美麗
7	맛있다	好吃
8	맵다	辣
9	짜다	鹹

힘들다	吃力
괜찮다	不錯
복잡하다	複雜
간단하다	簡單
아름답다	美麗
편리하다	方便
불편하다	不方便
달다	甜
친절하다	親切

實用短句

回應別人的讚美

A 你韓文說得不錯。
B 不，我說得不好。

A 你唱歌唱得不錯。
B 我只會一點。

鼓勵別人

A 加油！
B 謝謝。

A 걱정하지 마세요. 잘 될 거예요.
B 고마워요.

A 不要擔心，一切都會好的。
B 謝謝。

自我小測驗

文法

▸ 閱讀以下的句子，在空白處填入正確的答案。（1～3）

1 너무 피곤해요. 좀 ____________ 싶어요.
쉬다

2 점심을 못 먹었어요. 배고파요. 밥을 ____________ 싶어요.
먹다

3 한국 친구가 있어요. 그 친구하고 한국어로 ____________.
얘기하다

▸ 看圖，然後參考範例完成以下的對話。（4～5）

Ex. A 한국에서 운전해 봤어요? (운전하다)
B 아니요.
A 재미있어요. 한번 해보세요.
B 네, 해 볼게요.

4 A 여름에 삼계탕을 (1) ________ ? (먹다)
B 아니요.
A 맛있어요. 한번 (2) ________ .
B 네, 먹어 볼게요.

5 A 한복을 (1) ________ ? (입다)
B 아니요.
A 멋있어요. 한번 (2) ________ .
B 네, 입어 볼게요.

聽力

▸ 聽錄音中的問題，從下列選項中選出正確的答案。（6～7） track 23

6 ⓐ 네, 김치가 있어요.
ⓑ 아니요, 안 매워요.
ⓒ 네, 김치가 없어요.
ⓓ 아니요, 김치를 만들 수 없어요.

7 ⓐ 네, 시작해 볼게요.
ⓑ 네, 공부하고 싶어요.
ⓒ 아니요, 아직 안 배웠어요.
ⓓ 아니요, 한번 배워 보세요.

閱讀

▸ 閱讀下文後回答問題。（8～9）

8 編寫這則廣告的原因是什麼？
ⓐ CD 가게를 알고 싶어요.
ⓑ 인터넷을 가르치고 싶어요.
ⓒ 한국 노래 CD를 사고 싶어요.
ⓓ 노래 동아리를 소개하고 싶어요.

9 下列哪項敘述與廣告內容相符？
ⓐ 돈이 필요해요.
ⓑ 일주일에 2번 만나요.
ⓒ 전화로 연락할 수 있어요.
ⓓ 외국 사람은 올 수 없어요.

한국 노래를 좋아해요?

혹시 한국 노래를 들어 봤어요?
우리는 ○○대학교 노래 동아리 학생이에요.
우리하고 같이 한국 노래로 한국 문화를 배워요.
한국 친구도 만날 수 있어요.

언제 월 · 수 저녁 6:00~8:00
어디 ○○ 대학교 ○○빌딩 5층
누가 외국 사람은 누구나
얼마 무료
인터넷으로 연락해 주세요.
www.koreansong.ac.kr

解答 p.280

韓國文化大不同

Q 「情」的文化

不同的社會有不同的文化，會形成其獨特的思考方式，因此有許多詞具有非常重要的地位，很難翻譯出來。在美國，歷史賦予「自由」、「平等」這樣的詞特殊的涵義和重要性。在韓國，對於外國人來說，一個尤為重要而且難懂的詞就是정（關愛、熱情、感覺、情緒和愛）。

정的概念是韓國人看待和表達他們之間關係的重要部分，富有同情心且溫柔的人通常被認為擁有很多정。鄉村居民通常會請毫不相識的人吃飯，或提供一個過夜的地方，他們也有很多정。

某些動作表達著정。例如：幫人盛飯時，韓國人總是在一個碗裡至少盛兩勺飯，盛太少或只盛一勺都是缺乏정的表現。這種給予的舉動表達了寬容和感激之情，忽略了邏輯中對人們真正吃多少米飯的計算。

和韓國人做朋友是瞭解他們如何思考的最好方式。你可能會聽到他們常談論정，並且很有可能，他們會說你有許多정。

Lesson 19

그 다음에 오른쪽으로 가세요.

然後請向右轉。

- 命令形：（으）세요
- 疑問句的省略
- （스）ㅂ니다：正式語尾

關鍵句型和文法

命令形：(으) 세요

附錄 p.266

發出禮貌的命令時，使用這個句型。在動詞的語幹後加上（으）세요。發出否定的命令時，在語幹上加上지 마세요。

	前面無終聲	前面有終聲
肯定句	하세요. 請做。	읽으세요. 請讀。
否定句	하지 마세요. 請不要做。	읽지 마세요. 請不要讀。

하루에 1시간 운동하세요.
每天請運動一個小時。

약속을 잊어버리지 마세요.
請別忘記你的諾言。

想知道……

듣다 → 들으세요.
聽。
듣지 마세요.
別聽。

만들다 → 만드세요.
製造。
만들지 마세요.
別製造。

疑問句的省略

在你不想一遍一遍地重複一部分對話時，把重複的部分去掉，在句子中加上요。

A 사거리에서 어디로 가요? 從十字路口該往哪裡走呢？
B 왼쪽으로 가세요. 請向左走。
A 그 다음은요? 然後呢？
（＝그 다음은 어디로 가요?）

(스) ㅂ니다：正式語尾

在正式的場合，例如在公司會議或公眾展示中，一般不使用非正式的敬語語尾아/어요，而是使用正式的語尾（스）ㅂ니다。在動詞的語幹後加上（스）ㅂ니다形成現在式。詢問問題時，語尾的다變成까。

	前面無終聲	前面有終聲
直述句	합니다.	듣습니다.
疑問句	합니까?	듣습니까?

A 어디에서 회의를 합니까? 會議在哪裡召開？
B 2층 회의실에서 합니다. 在二樓會議室召開。

和예요 / 이에요、아니에요對等的正式表達方式如下：

想知道……
알다 → 압니다
살다 → 삽니다

예요 / 이에요 → 입니다
아니에요 → 아닙니다

A 고향이 밴쿠버입니까? 溫哥華是你的故鄉嗎？
B 아닙니다. 토론토입니다. 不，我的故鄉是多倫多。

對話 1 track 24

珍	請到光化門。
計程車司機	到光化門的哪裡？
珍	光化門郵局的前面。
計程車司機	好，我明白了。
	（車行駛一段時間後）
珍	先生，請在那個便利商店前面停車。
計程車司機	好，我明白了。
	（停車之後）
珍	多少錢？
計程車司機	7500 韓圜。

제인	광화문에 가 주세요.
택시기사	광화문 어디요?
제인	광화문 우체국 앞이요.
택시기사	네, 알겠습니다.
	(타고 가다가)
제인	아저씨, 저기 편의점 앞에서 세워 주세요.
택시기사	네, 알겠습니다.
	(택시가 선후)
제인	얼마예요?
택시기사	7,500원이에요.

單字

광화문 光化門（首爾的某個地區）
우체국 郵局
아저씨 大叔（對三十歲以上男人的稱呼）
편의점 便利商店
세우다 停

常用句

광화문에 가 주세요.
請到光化門。
광화문 어디요?
到光化門的哪裡？
세워 주세요.
請停車。

會話便利貼

★ 어디요?「哪裡？」

這是詢問某人具體資訊的簡短問句。

광화문 어디요? 去光化門的哪裡？
（＝어디에 가요?）（＝你要去光化門的哪裡？）

★ 저기 편의점 앞에서「在那個便利商店的前面」
① ② ③ ① ② ③

在「這裡」或「那裡」之後，描述你想要去的地方。

저기 학교 앞에서 在那所學校的前面

對話 2 track 24

馬克　請到城北洞。
計程車司機　好，我明白了。
（車行駛一段時間後）
馬克　先生，請直走到那個紅綠燈，然後向右轉。
計程車司機　好，然後呢？
馬克　請在這裡停車。
計程車司機　好，我明白了。
馬克　這是車費，謝謝。
計程車司機　謝謝，再見。

마크　성북동이요.

택시기사　네, 알겠습니다.

(타고 가다가)

마크　아저씨, 저기 신호등까지 직진하세요.
그 다음에오른쪽으로 가세요.

택시기사　네. 그 다음은요?

마크　여기에서 세워 주세요.

택시기사　네, 알겠습니다.

마크　돈 여기요. 수고하십시오.

택시기사　감사합니다. 안녕히 가세요.

單字

성북동 城北洞（首爾的一個地名）
신호등 紅綠燈
까지 到…為止
직진하다 直行
으로 往…方向
돈 錢

常用句

저기 신호등까지 직진하세요. 直走到那個紅綠燈。
오른쪽으로 가세요. 向右轉。
그 다음은요? 然後呢？
돈 여기요. 這是車費。
（付錢給對方時使用）
수고하십시오. 謝謝。
안녕히 가세요. 再見。

會話便利貼

★ 方向的指示

你希望在一個具體的地方向左轉或右轉時，對司機說出他應該轉向的地點，然後使用오른쪽「右」或왼쪽「左」並且加上助詞으로。這裡，助詞으로有「沿這個方向」的意思。

사거리에서 오른쪽으로 가세요.　在十字路口向右轉。
편의점에서 왼쪽으로 가세요.　在便利商店向左轉。

語音 

● 갔어요 → [갇써요] / 가세요 → [가세요]

下面的單字讀音相似。

(1) 샀어요 / 사세요

(2) 탔어요 / 타세요

(3) 배웠어요 / 배우세요

單字補充

1	타다	搭乘（車）
2	내리다	下（車）
3	지나다	經過
4	건너다	穿越過
5	사거리	十字路口
6	횡단보도	斑馬線
7	신호등	紅綠燈
8	코너	轉角
9	버스 정류장	公車站牌
10	지하철역	地鐵站
11	육교	天橋
12	다리	橋

實用短句

指示方向時的表達方式

A　請在紅綠燈處向右轉。

A　請在銀行向左轉。

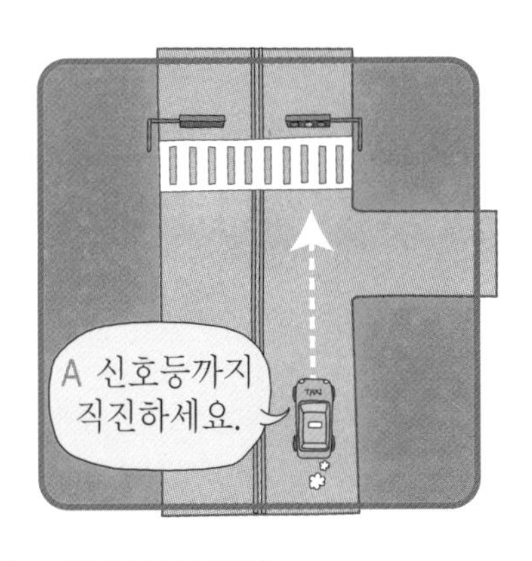

A　請一直開到紅綠燈。

A　請在藥局的前面停車。

自我小測驗

文法

▸ 把以下的單字變成正確的動詞形式。（1～2）

1 매일 1시간 ___운동하___ 세요.
운동하다

많이 (1) ________ 세요.
걷다

야채를 많이 (2) ________.
먹다

2 너무 많이 ___일하___ 지 마세요.
일하다

술을 많이 (1) ________ 지 마세요.
마시다

담배를 (2) ________ .
피우다

▸ 根據圖例，把以下的單字變成正確的動詞形式。

3

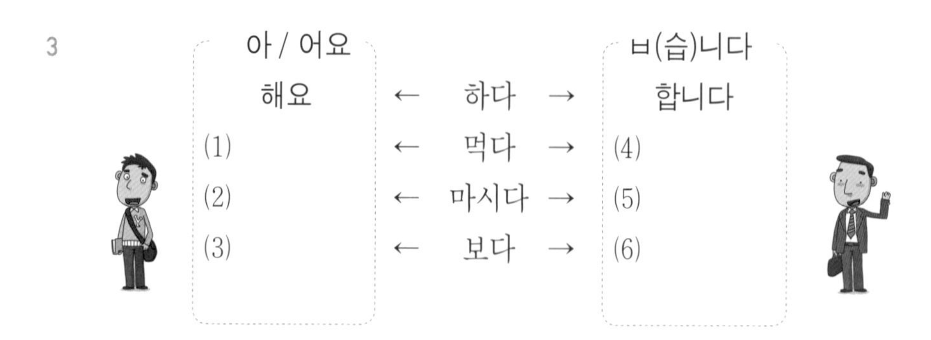

▸ 閱讀以下對話後，縮短重複的問題。（4～5）

4 A **어디로 가요?**
B 저기 은행에서 오른쪽으로 가세요.
A 그 다음은 **어디로 가요?** (= ________ 요?)
B 왼쪽으로 가세요.

5 A 마크 씨, **몇 시에 집에 가요?**
B 보통 7시에 집에 가요. 제인 씨는 **몇 시에 집에 가요?** (= ________ 요?)
A 저는 3시에 집에 가요.

聽力

▸ 聽錄音中的對話，回答問題。（6～7） 

6　여자가 어디에서 내렸는지 지도에 표시하세요.

7　다음 중 CD의 대화 내용과 맞는 것을 고르세요.

ⓐ 여자가 길을 몰라요.　　ⓑ 택시비가 7,400원이에요.

ⓒ 여자가 병원에 가고 싶어요.　　ⓓ 여자가 버스로 명동에 가요.

閱讀

▸ 閱讀以下內容後回答問題。（8～9）

제인은 운동을 정말 좋아합니다. 특히 스키와 수영을 좋아합니다.
(　　) 제인은 겨울마다 스키 타러 산에 갑니다. 그리고 여름에는 수영하러 바다에 갑니다.
봄하고 가을에는 날씨가 좋습니다. 그래서 공원에서 책을 읽습니다.

8　下列哪一項適合填入括號中？

ⓐ 그리고　　ⓑ 그런데　　ⓒ 그래서　　ⓓ 왜냐하면

9　下列哪一項符合上述內容？

ⓐ 제인은 스키를 탈 수 있습니다.　　ⓑ 제인은 수영을 배우고 싶습니다.

ⓒ 제인은 수영하러 수영장에 갑니다.　　ⓓ 여름하고 겨울에 공원에서 책을 읽습니다.

解答 p.280 和 p.281

韓國文化大不同

Q 什麼時候需要使用正式敬語？

明白在什麼樣的場合該使用什麼樣的語言，是學習韓文中最困難的事情之一。由於韓國文化是建立在階級關係的基礎上，對這一部分韓國文化的瞭解是說好韓文的基礎。

什麼時候使用正式敬語？在韓國，如果你需要穿戴整齊，在觀眾面前演講，或你要面對鏡頭播報新聞，這類情況下你需要使用正式敬語（스）ㅂ니다。儘管正式敬語有點呆板，且無法表達親密的感情，但適合在正式場合中使用。

此外，非正式敬語（으）세요用來製造比較輕鬆的氣氛，和每天見面的人、和你關係不錯的人，例如同事，你可以使用非正式敬語（으）세요。然而，前提是雙方必須互相熟悉。

在服務業工作的人們，例如百貨公司的銷售人員或機場的服務人員，通常使用正式敬語（스）ㅂ니다，如果他們期望比較親近地與人交流，他們可以使用非正式敬語（으）세요。

和穿衣服一樣，語言也要適合不同的場合，所以當你想要接近某人時，在開口之前，確認一下你應該使用正式敬語（스）ㅂ니다或非正式敬語（으）세요。

Lesson 20 성함이 어떻게 되세요?

請教您的大名是？

- 존댓말：敬語

존댓말：敬語

附錄 p.266

根據說話的場合、聽者與說話者之間的關係，使用的語言形式也會有所不同。敬語可以用於正式與非正式的場合，以表達對句子中主詞的尊敬。

非正式場合中使用的敬語

1. 句子的主詞是長輩的時候，例如你的祖父母或父母親，則必須使用敬語。在用敬語的句子中，主格助詞이 / 가由께서來代替，現在式的動詞語尾變成（으）세요，過去式的動詞語尾變成（으）셨어요，未來式的動詞語尾變成（으）실 거예요。

	前面無終聲	前面有終聲
現在	하세요.	읽으세요.
過去	하셨어요.	읽으셨어요.
未來	하실 거예요.	읽으실 거예요.

一般 진수가 운동해요. 真洙在運動。

敬語 할아버지께서 운동하세요. 祖父在運動。

2. 談論你不認識的人、或你認識但是應該表示尊敬的人（老闆、同事、顧客等等）的時候，必須使用敬語。

존댓말：敬語

當你向長輩、陌生人和需要展現敬意的人提出問題時，必須使用敬語。在和韓國人對話時，你可能會碰到許多使用敬語的問題。不過記住在你回答問題時，不要使用敬語（因為你正在說你自己）。

1	A	어디에 가세요?	你要去哪裡？
	B	회사에 가요.	我要去公司。
2	A	뉴스 보셨어요?	你看到新聞了嗎？
	B	아니요, 못 봤어요.	不，我沒有看見。

正式場合中的敬語

這裡簡單地介紹一下正式敬語（스）ㅂ니다。日常生活中，非正式敬語（으）세요的使用非常廣泛。但是，即使自己不常使用，你也常會聽到正式敬語。使用正式敬語的場合很多（例如做報告時、和顧客談話時）尤其是在和陌生人談話，或和需要尊重的人說話時。正式而尊敬的直述句用（으）십니다結尾，正式而尊敬的疑問句要用（으）십니까結尾。例如：非正式尊敬的歡迎詞是안녕하세요，而疑問句型態的안녕하십니까則是正式的敬語歡迎詞，要特別注意兩者語尾的不同。

對話 1 track 25

保羅 我可以預約今晚六點的位子嗎？
職員 是的，可以。請問會有幾位要過來？
保羅 四位。
職員 請問您的大名？
保羅 我的名字是保羅．史密斯。
職員 請告訴我您的聯絡方式。
保羅 010-279-3541。
職員 好的，已預約好了。

폴 오늘 저녁 6시에 예약돼요?

직원 네, 됩니다. 몇 분 오실 거예요?

폴 4명이요.

직원 성함이 어떻게 되세요?

폴 제 이름은 폴 스미스입니다.

직원 연락처 좀 가르쳐 주세요.

폴 010-279-3541이에요.

직원 네, 예약됐습니다.

單字

예약 預約
분 位（敬語）
몇 분 幾位（敬語）
성함 大名（敬語）
연락처 （電話）聯絡方式

常用句

예약돼요? 可以預約嗎？
네, 됩니다. 是的，可以。
성함이 어떻게 되세요?
請問您的大名？（敬語）
연락처 좀 가르쳐 주세요.
請告訴我您的聯絡方式。
예약됐습니다. 預約好了。

會話便利貼

★ 성함이 어떻게 되세요?「請問您的大名？」

這是敬語式的詢問別人名字的方式。成年人會經常使用這種句型詢問別人的名字（但對同輩可以使用이름이 뭐예요?句型）。在飯店或其它服務業場合，服務人員常使用這樣的敬語。但記住不可以對自己使用這種敬語。

★ 自我介紹的時候，使用正式終結語尾。

韓國人在自我介紹、進行預約等場合，說出自己的全名時，往往使用입니다，而不使用예요 / 이에요。

對話 2 track 25

珍　我想預約下個週末的房間。
門房　您要住幾天呢？
珍　從星期五開始住兩天。有雙人房嗎？
門房　是，有的。請問您的大名？
珍　珍・布朗。
門房　請在星期五六點之前到達這裡。
珍　好，我明白了。

제인　다음 주 주말에 방을 예약하고 싶어요.

직원　며칠 동안 묵으실 거예요?

제인　금요일부터 2일 동안 묵을 거예요.
2인실 있어요?

직원　네, 있습니다. 성함이 어떻게 되세요?

제인　제인 브라운입니다.

직원　금요일 저녁 6시까지 와 주세요.

제인　네, 알겠습니다.

單字

주말 週末
방 房間
예약하다 預約
며칠 동안 幾天
묵다 停留，投宿
2인실 雙人房
~까지 …之前、不遲於

常用句

며칠 동안 묵으실 거예요?
您會住幾天？
금요일부터 2일 동안 묵을 거예요.
從星期五開始住兩天。
2인실 있어요? 有雙人房嗎？
6시까지 와 주세요.
請在六點之前到達這裡。

會話便利貼

★ 얼마 동안＝며칠 동안「幾天」
這兩種表達方式的意思相同，只有一點細微差別。用며칠 동안是詢問具體的天數，而用얼마 동안是詢問時間的長度（年、月、天、小時等等）

★ 飯店房間的尺寸
在飯店和旅館中，單人房是「1(일)인실」。

★ 助詞까지「不遲於」
在時間的後面使用助詞까지表達的是一種「完成」的意思。
내일 1시까지 오세요. 請在明天1點之前到這裡。

發音 track 25

● 연락처 → [열락처]

緊跟在ㄹ之後，或在緊鄰ㄹ的前面時，ㄴ的讀作ㄹ。

(1) ㄴ → [ㄹ] 관리[괄리], 신라[실라]

(2) ㄴ → [ㄹ] 설날[설랄], 한글날[한글랄]

單字補充

기분이 좋다
心情好

기분이 나쁘다
心情差

놀라다
吃驚

아프다
不舒服、生病

행복하다
幸福

슬프다
悲傷

당황하다
慌張

졸리다
睏、想睡

화가 나다
生氣

무섭다
害怕

피곤하다
疲倦

부끄럽다
害羞

付款

A　我可以用信用卡付款嗎？
B　對不起，先生，我們不接受信用卡付款。
想知道能否使用信用卡時的句型。

A　我應該怎麼為您結帳？
B　請一次付清。
使用信用卡時的句型。

※當你想要分期付款時，可以說：
3개월 할부로 해주세요.
請按三個月分期付款結帳。
※銷售人員會請您簽名
여기에 사인해 주세요. 請在這裡簽名。

外送

A　先生，可以外送嗎？
B　當然，可以外送。
用電話叫外送時，
或者想知道對方是否願意外送時的句型。

A　請幫我外送一個披薩。
B　是，明白了。

自我小測驗

文法

▸ 根據範例，把以下的單字變成正確的動詞形式。

1

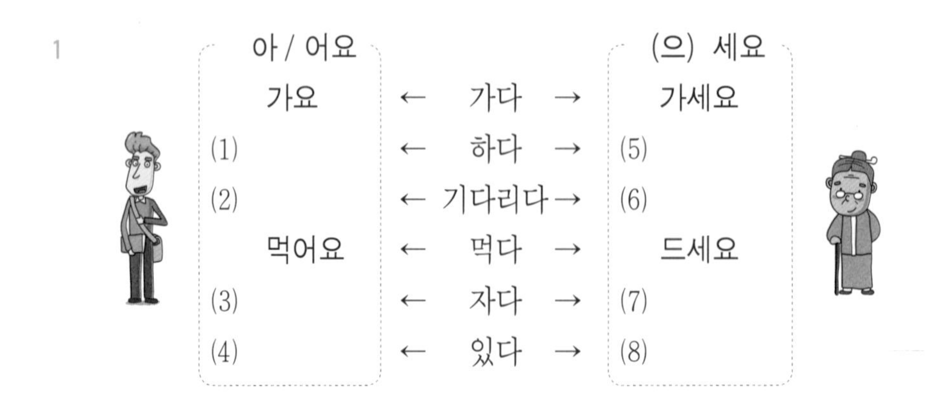

▸ 閱讀句子，選出正確的答案。（2～3）

2 (1) 저는 친구 (이름 / 성함) 을 몰라요.
(2) 저는 선생님 (이름 / 성함) 을 몰라요.

3 (1) 저는 친구 (나이 / 연세) 를 알아요.
(2) 저는 할아버지 (나이 / 연세) 를 알아요.

▸ 根據範例，看圖完成問題。（4～6）

Ex. A 한국어를 배우세요 ?
B 네, 배워요.

4 A 한국어 공부가 ________ ?
B 네, 좀 어려워요.

5 A 어떤 음식을 ________ ?
B 불고기를 좋아해요.

6 A 한국 생활은 ________ ?
B 네, 재미있어요.

聽力

▸ 聽錄音中的對話，回答問題。（7～8） 

7 제인 씨가 왜 전화했어요?

ⓐ 식당 길을 알고 싶어요. ⓑ 식당을 예약하고 싶어요.

ⓒ 식당 시간을 알고 싶어요. ⓓ 식당 전화번호를 알고 싶어요.

8 다음 중 CD의 대화 내용과 맞는 것을 고르세요.

ⓐ 이 식당은 전화 예약이 안 돼요.

ⓑ 제인은 식당 전화번호를 몰라요.

ⓒ 제인은 8시까지 식당에 갈 거예요.

ⓓ 제인은 다른 사람 2명하고 같이 갈 거예요.

閱讀

▸ 閱讀以下的內容，回答問題。

9 下列哪一項敘述與廣告內容相符？

ⓐ 호텔이 산 옆에 있습니다.

ⓑ 전화로 예약할 수 없습니다.

ⓒ 전화 예약은 5% 할인됩니다.

ⓓ 인터넷 예약이 15% 할인됩니다.

파라다이스 호텔

우리 호텔은 부산의 바닷가에 있습니다.

정말 경치가 좋습니다.

가족하고 같이 여기에서 휴가를 보내세요.

전화로 예약하세요. 051-375-6840

전화 예약은 10% 할인됩니다.

인터넷 예약은 5% 더 할인됩니다.

解答 p.281

韓國文化大不同

미역국　海帶湯

삼계탕　蔘雞湯

팥죽　紅豆粥

Q　你知道韓國人在特殊節日裡吃什麼嗎？

在悶熱的夏天沿著大街行走，你會在餐廳前面看見韓國人大排長龍，那很可能是삼계탕（蔘雞湯）店。這看起來有點奇怪，不過，韓國人相信，在大熱天裡喝熱湯能夠恢復能量和精神。這種思想源自於東方哲學。所以即使在一年中最熱的日子裡，韓國人也喝삼계탕（蔘雞湯）。

生日的時候，無論是和朋友一起慶祝，還是靜靜地在家裡度過，韓國人毫無例外地都喝미역국（海帶湯）。根據傳統，剛剛生完小孩的母親要喝這種湯，以感謝送子娘娘賜給自己健康的孩子。現在這種習慣被保留下來，不過不再是為了感謝神，而是為了感謝母親。海帶有許多營養成分，有助於生產後的身體恢復。所以，大約一個月的時間裡，大多數的產後婦女每天都喝這種湯。因此，韓國人在生日時保留了喝這種湯的習慣，以表達對母親的感謝。

冬至的時候，韓國人喝팥죽（紅豆粥）。古時候，人們相信這是一年中的第一天，認為喝팥죽（紅豆粥）能夠驅除妖魔，為身體補充元氣。並且紅色在韓國具有驅魔除妖的意義，同時也起到淨化身心的作用。

你也在這些特殊的日子裡嘗嘗這些韓國的特色食品怎麼樣？

附錄

文法補充

文法回顧

聽力測驗 & 自我小測驗答案

關鍵句型速記

詞彙表

文法補充

Lesson 5 量詞 p.105

	개	명	분	마리	잔	권	장
1	**한** 개	**한** 명	**한** 분	**한** 마리	**한** 잔	**한** 권	**한** 장
2	**두** 개	**두** 명	**두** 분	**두** 마리	**두** 잔	**두** 권	**두** 장
3	**세** 개	**세** 명	**세** 분	**세** 마리	**세** 잔	**세** 권	**세** 장
4	**네** 개	**네** 명	**네** 분	**네** 마리	**네** 잔	**네** 권	**네** 장
5	다섯 개	다섯 명	다섯 분	다섯 마리	다섯 잔	다섯 권	다섯 장
20	**스무** 개	**스무** 명	**스무** 분	**스무** 마리	**스무** 잔	**스무** 권	**스무** 장
21	스물한 개	스물한 명	스물한 분	스물한 마리	스물한 잔	스물한 권	스물한 장
許多	여러 개	여러 명	여러 분	여러 마리	여러 잔	여러 권	여러 장

Lesson 7 與예요組成的問句句型 p.124

집이 **어디**예요?	哪裡是你家？
생일이 **언제**예요?	你的生日是什麼時候？
이름이 **뭐**예요?	你的名字是什麼？
저분이 **누구**예요?	那一位是誰？

Lesson 8 與몇組成的問句句型 p.134

<table>
<tr><td>A 회의가 몇 시예요?
B 1시 20분이에요. (한 시 이십 분이에요.)</td><td>什麼時候？
A 幾點開會？
B 1：20。</td></tr>
<tr><td>A 전화번호가 몇 번이에요?
B 326-7435예요.</td><td>幾號？
A 你的電話號碼是幾號？
B 號碼是326-7435。</td></tr>
<tr><td>A 가족이 몇 명이에요?
B 5명이에요. (다섯 명이에요.)</td><td>多少人？
A 你的家裡有多少人？
B 五個人。</td></tr>
</table>

Lesson 12 動詞아요／어요的現在式 p.174

<table>
<tr><th>해요形式</th><th>아요形式</th><th>어요形式</th></tr>
<tr><td rowspan="4">動詞하다變為現在式，形態為해요。
1. 공부하다 → 공부해요
일하다 → 일해요
운전하다 → 운전해요
시작하다 → 시작해요
여행하다 → 여행해요
준비하다 → 준비해요
연습하다 → 연습해요
말하다다 → 말해요</td><td>如果語幹以終聲結尾，且最後一個音節包含母音ㅏ或ㅗ，則在語幹之後添加아요。
1. 받다 → 받아요
(받 + 아요 → 받아요)
살다 → 살아요
놀다 → 놀아요</td><td>如果語幹以終聲結尾，且最後一個音節不包含母音ㅏ或ㅗ，則在語幹之後添加어요。
1. 먹다 → 먹어요
(먹 + 어요 → 먹어요)
읽다 → 읽어요
찍다 → 찍어요</td></tr>
<tr><td>若動詞以母音ㅏ結尾，接아요時去掉一個아。
2. 가다 → 가요
(가 + 아요 → 가요)
만나다 → 만나요
끝나다 → 끝나요</td><td>若語幹以母音ㅐ或ㅓ結尾，則只添加요
2. 보내다 → 보내요
(보내 + 어요 → 보내요)
지내다 → 지내요</td></tr>
<tr><td rowspan="2">若動詞語幹以母音ㅗ結尾，則ㅗ和ㅏ組合成複合母音ㅘ。
3. 오다 → 와요
(오 + 아요 → 와요)
보다 → 봐요</td><td>若動詞語幹以母音ㅜ結尾，則ㅜ和ㅓ組合成複合母音ㅝ。
3. 주다 → 줘요
(주 + 어요 → 줘요)
배우다 → 배워요</td></tr>
<tr><td>若語幹以母音ㅣ結尾，則ㅣ和ㅓ組合成母音ㅕ。
4. 마시다 → 마셔요
(마시 + 어요 → 마셔요)
가르치다 → 가르쳐요
기다리다 → 기다려요</td></tr>
</table>

Lesson 13 接續副詞 p.185

그리고 而且	날씨가 좋아요. **그리고** 사람들이 친절해요. 天氣好，**而且**人們親切
그런데、하지만 但是	한국어 공부가 재미있어요. **그런데** 좀 어려워요. 學習韓文很有趣，**但**有點困難。
그래서 所以，因此	배가 아파요. **그래서** 병원에 가요. 因為肚子痛，**所以**去醫院。
그러니까 所以	비가 와요. **그러니**까 우산을 가지고 가세요. 下雨了，**所以**請帶把傘。
그러면（=그럼）那麼	한국어를 잘 하고 싶어요? **그러면** 한국 친구하고 많이 얘기해요. 你想學好韓文嗎？**那麼**就要多和韓國朋友聊天。

Lesson 19&20 命令形（으）세요與敬語 p.244、p.254

動詞	特殊形式	命令形	敬語		
			現在式 (으) 세요	過去式 (으) 셨어요	未來式 (으) 실 거예요
먹다, 마시다	드시다	드세요	드세요	드셨어요	드실 거예요
있다	계시다	계세요	계세요	계셨어요	계실 거예요
자다	주무시다	주무세요	주무세요	주무셨어요	주무실 거예요

上述動詞（먹다、마시다、있다、자다）與命令形（으）세요結合時，需先轉變成特殊型式（如먹다 → 드시다）。命令形（으）세요與表現在式的（으）세요寫法相同，但意義不同。

Lesson 20 敬語 p.254

	一般用語	敬語
名字	이름 : 이름이 뭐예요?	성함 : 성함이 어떻게 되세요?
年齡	나이 : 나이가 몇 살이에요?	연세 : 연세가 어떻게 되세요?
家	집 : 집이 어디예요?	댁 : 댁이 어디세요?
飯、餐	밥 : 밥 먹었어요?	진지 : 진지 드셨어요?

絕大多數時，敬語和一般用語是由動詞變化來表現，但在某些情況下，名詞也須跟著改變。

文法回顧

▸常見易混淆的部分◂

❶ 如何讀數字 Lesson 5 & 6

純韓文	韓字音
計算 가방 1개 (**한** 개) 一個包包 친구 2명 (**두** 명) 兩個朋友 커피 3잔 (**세** 잔) 三杯咖啡	**讀數字** **數字** 1번 (**일번**) **電話** 709-8423 (**칠공구**에 **팔사이삼**) **日期** 2006년 3월 9일 (**이천육**년 **삼**월 **구**일) **價格** 24,500원 (**이만 사천 오백** 원) **地址** 서울 아파트 102 (**백이**) 동 603 (**육백삼**) 호 **樓層** 5층 (오층)
年齡 15살 (**열다섯** 살) 十五歲	
時間 / 小時 5시 (**다섯** 시) 예요. 現在是五點。 2시간 (**두** 시간) 일했어요. 我工作了兩小時。	**分鐘** 5분 (**오** 분) 이에요. 五分鐘了。
月 1달 (**한** 달) 동안 여행했어요. 我旅行了一個月。	**年 / 星期 / 日期** 1년 (**일** 년) 동안 살았어요. 住了一年。 2주일 (**이**주일) 동안 준비했어요. 準備了兩個星期。 3일 (**삼** 일) 동안 전화 안 했어요. 三天沒打電話了。

❷ 比較 예요 / 이에요 和 있어요 Lesson 1 , 4 & 6

예요 / 이에요	있어요
主詞和其他事物相互對應時，使用這種表達。 선생님이 한국 사람**이에요.** 老師**是**韓國人 마크가 폴 친구**예요.** 馬克**是**保羅的朋友。	表達某物存在的特定時間或地點。 학생이 학교에 **있어요.** 學生在學校。 제니가 집에 **있어요.** 珍妮在家裡。
아니에요 對應不存在時使用，예요 / 이에요的否定形。 폴은 미국 사람이 **아니에요.** 保羅**不是**美國人。 제니는 남자가 **아니에요.** 詹妮**不是**男人。	**없어요** 某物不存在於特定的時間或地點時使用，있어요的否定形。 제임스가 집에 **없어요.** 詹姆士不在家。

③ 從…到… Lesson 8 , 9 & 12

~에서 ~까지 （地點）	서울**에서** 부산**까지** 버스로 4시간 걸려요. 搭車**從**首爾**到**釜山要四個小時。
~부터 ~까지 （時間）	1시**부터** 3시**까지** 공부해요. 我**從**一點用功**到**三點。
~한테서 ~한테 （人）	친구**한테서** 얘기 들었어요. 하지만 다른 친구**한테** 말 안 할 거예요. 我**從**我的朋友那裡聽說了那件事，不過，我不會把它告訴其他朋友的。

④ 比較 시 和 시간 Lesson 8 & 9

시 （時間）	2시에 친구를 만나요. 我**兩點**和朋友見面。
시간 （期間）	2시간 동안 영화를 봤어요. 我看了**兩個小時**的電視。

⑤ 이 / 그 / 저 Lesson 3

	이（這）	그（那）	저（那）
何時使用	所指的事物距離說話者近。	1. 所指的事物距離聽者近。 2. 聽者和說話者都看不見所指事物。	所指的事物可以看見，不過距離說話者和聽者都很遠。
形容詞	이 사람這個人	그 사람 那個人	저 사람 那個人
代名詞	이건這個（主格助詞이）	그건那個（主格助詞이）	저건那個（主格助詞이）
代名詞	이건這個（助詞은）	그건那個（助詞은）	저건那個（助詞은）
副詞	여기這裡	거기 那裡	저기 那裡

▸不規則動詞◂

❶ ㄷ不規則動詞 P.180

當動詞語幹以ㄷ結尾，並且此動詞要與母音（例如現在式아 / 어요）連接時，將ㄷ變成ㄹ後再進行結合即可。請看下面的例子。

듣다 →듣 + 어요 → 들+ 어요 → 들어요
한국 음악을 자주 들어요. 我常聽韓國音樂。

❷ ㅂ不規則動詞 P.184

當動詞語幹以ㅂ結尾，並且此動詞要與母音（例如現在式아 / 어요）連接時，將ㅂ變成우後再進行結合即可。請看下面的例子。

쉽다 →쉽+ 어요 → 쉬우 + 어요 → 쉬워요
한국어가 쉬워요. 韓文很容易。

❸ 으不規則動詞 P.185

當動詞語幹以으結尾，並且此動詞要與母音（例如現在式아 / 어요）連接時，去掉으後再進行結合即可。請看下面的例子。

바쁘다 → 바쁘 + 아요 → 바빠요
인호가 정말 바빠요. 仁浩真的很忙。

❹ ㄹ不規則動詞 P.244

當動詞語幹以ㄹ結尾，並且此動詞要與ㄴ、ㅂ、ㅅ連接時，須將ㄹ去掉再進行結合。請看下面的例子。

살다 → 살+ ㅂ니다 → 사 + ㅂ니다 → 삽니다
저는 한국에서 삽니다. 我住在韓國。

❺ 르不規則動詞 P.97

當動詞語幹以르結尾，並且此動詞要與母音（例如現在式아 / 어요）連接時，先在르的前一個音節裡加上終聲ㄹ，然後將르當中的ㅡ去掉再進行連結即可。請看下面的例子。

다르다 → 다르다 + 아요 → 달르 + 아요 → 달라요
한국어는 영어하고 너무 달라요. 韓文和英語的差別很大。

助詞

❶ 主格助詞：이 / 가

前面無終聲	前面有終聲
폴 씨가 호주 사람이에요. 保羅是澳洲人。	선생님이 한국 사람이에요. 老師是韓國人。

❷ 受格助詞：을 / 를

前面無終聲	前面有終聲
커피를 좋아해요. 我喜歡咖啡。	물을 마셔요. 喝水。

❸ 助詞：은 / 는

前面無終聲	前面有終聲
저는 폴이에요. 我是保羅。	선생님은 한국 사람이에요. 老師是韓國人。

(1) 主題助詞：如同使用手勢表示強調的感覺。
저는 마크예요.　我是馬克。

(2) 強調對比。
비빔밥하고 불고기를 좋아해요. 그런데 김치는 안 좋아해요.
我喜歡拌飯和烤肉。不過我不喜歡泡菜。

(3) 放在想要強調的事物之後。
A　머리가 아파요.　我頭痛。
B　약은 먹었어요?　你吃藥了嗎？

❹ 表時間的助詞：에

不須考慮終聲的問題，只要在時間之後添加此助詞，即可表示時間。
3시에 만나요.　我們三點的時候見面吧。
6시 30분에 끝나요.　六點半時結束。

5 表地點的助詞：에 / 에서

(1) 助詞에：這個助詞和動詞있어요 / 없어요 以及 가요 / 와요搭配使用。
집에 가요.　我回家。

(2) 助詞에서：這個助詞和所有其他動作動詞搭配使用。
집에서 일해요.　我在家工作。

6 其他助詞

(1) 한테 對（某人）
폴이 부모님한테 전화해요.　保羅打電話給父母。

(2) 한테서 來自（某人）
앤이 친구한테서 선물을 받았어요.　安收到了朋友送的禮物。

(3) 에서 來自（某地）
마크가 미국에서 왔어요.　馬克來自美國。

(4) 에서 ~까지 從…到…（地方）
집에서 회사까지 시간이 얼마나 걸려요?　從家裡到公司需花費多久的時間？

(5) 부터 ~까지 從…到…（時間）
1시부터 2시까지 점심 시간이에요.　午餐時間從一點到二點。

(6) ~까지 不遲於
5시까지 갈게요.　我會在五點以前到達。

(7) ~까지 到…為止
어제 새벽 2시까지 공부했어요.　昨天我唸書唸到凌晨兩點。

(8) 도 也
저도 영화를 좋아해요.　我也喜歡電影。

(9) 만 只
한국 음식을 좋아해요. 그런데 김치만 못 먹어요.
我喜歡韓國食物，但只有泡菜我不能吃。

(10) 마다 每一
일요일마다 친구를 만나요.　我每個星期日都和朋友見面。

(11) 에 每
하루에 2번 지하철을 타요.　我每天搭兩次地鐵。

▸疑問詞◂

❶ 人

▸ **누가 誰**

用於以「誰」為主詞的句子，同時使用主格助詞가。

누가 사무실에 있어요?　誰在公司？

누가 운동해요?　誰在運動？

▸ **누구**

(1) 誰：和예요 / 이에요搭配使用。

이분이 누구예요?　這位是誰？

(2) 誰（受詞）

・和受格助詞를搭配使用

누구를 좋아해요?　你喜歡誰？

・和助詞하고（和）搭配使用

누구하고 식사해요?　你和誰一起吃飯？

・和助詞한테（給）搭配使用

누구한테 전화해요?　你打電話給誰？

・和助詞한테서（從）搭配使用

누구한테서 한국어를 배워요?　你跟誰學習韓文？

(3) 誰的：表從屬關係。

이 가방이 누구 거예요?　這是誰的包包？

❷ 事物

▸ **뭐 什麼**

(1) 和예요 / 이에요搭配使用。

이름이 뭐예요?　你的名字是什麼？

(2) 和其他動詞搭配使用。

오늘 오후에 뭐 해요?　今天下午你要做什麼？

▸ **무슨 哪種**

詢問事物的內容或特徵時使用。

무슨 영화를 좋아해요?　你喜歡哪種電影？

▸ **어느 哪一個**

在許多可能中做出選擇時使用。

어느 나라 사람이에요?　你是哪一國人？

▸ **몇**

(1) 多少

・計算數量時：與量詞개搭配使用。

가방이 몇 개 있어요?　有多少個包包呢？

・計算人數時：與量詞명搭配使用。

사람이 몇 명 있어요?　有多少個人呢？

・計算人數且需要對這些人表示尊敬時：與量詞분搭配使用。

할머니가 몇 분 계세요?　有多少位老太太呢？

・計算頻率時：與量詞번搭配使用。

제주도에 몇 번 가 봤어요?　你去過幾次濟州島呢？

(2) 幾：讀數字時使用

・讀電話號碼時。

전화번호가 몇 번이에요? 你的電話號碼是幾號？

・讀時間時。

몇 시 몇 분이에요? 現在是幾點幾分？

3 時間

▸ **언제 什麼時候**

(1) 與예요 / 이에요搭配使用。

생일이 언제예요? 你的生日是什麼時候？

(2) 和其他動詞搭配使用（注意：無需使用時間助詞에）。

언제 파티에 가요? 你何時赴宴？

▸ **며칠 哪天**

(1) 與예요 / 이에요搭配使用。

오늘이 며칠이에요? 今天是幾號？

(2) 和其他動詞搭配使用（需使用時間助詞에）。

며칠에 여행 가요? 你幾號要去旅行？

4 ▸ 몇 시 幾點

(1) 與예요 / 이에요搭配使用。

지금 몇 시예요?　現在是幾點？

(2) 和其他動詞搭配使用（需使用時間助詞에）。

몇 시에 운동해요? 你幾點要運動？

▸ **무슨 요일 星期幾**

(1) 與예요 / 이에요搭配使用。

오늘이 무슨 요일이에요? 今天是星期幾？

(2) 和其他動詞搭配使用（需使用時間助詞에）。

무슨 요일에 영화를 봐요? 你星期幾看電影？

5 地點

▸ **어디 哪裡**

(1) 與예요 / 이에요搭配使用。

집이 어디예요? 你家在哪裡？

(2) 與있어요 / 없어요、가요 / 와요搭配使用（需使用時間助詞에）。

어디에 가요? 你要去哪裡？

(3) 和其他動詞搭配使用（需要使用助詞에서）。

어디에서 친구를 만나요? 你和朋友在哪裡見面？

6 其他

▸ **얼마 多少**：與예요 / 이에요搭配使用。

이게 얼마예요? 這個多少錢？

▸ **얼마나 多長/多少時間**：與動詞걸려요搭配使用。

시간이 얼마나 걸려요? 這要花費多少時間？

▸ **얼마 동안 多長期間**：與其他動詞搭配使用（必須與助詞동안搭配使用）。

얼마 동안 한국에 살았어요? 你在韓國生活了多久？

▸ **어떻게 怎麼樣**

어떻게 집에 가요? 你怎麼樣回家？

▸ **왜 為什麼**

왜 한국어를 공부해요? 你為什麼學韓文？

聽力測驗 & 自我小測驗答案

韓文字母 I

1 × 2 ○ 3 × 4 ⓐ
5 ⓑ 6 ⓑ 7 ⓑ 8 ⓓ
9 ⓐ 10 ⓒ 11 나 12 소
13 가 14 무

韓文字母 II

1 ⓐ 2 ⓑ 3 ⓑ 4 ⓐ
5 ⓑ 6 ⓐ 7 ⓒ 8 ⓑ
9 ⓓ 10 ⓑ

韓文字母 III

1 ⓑ 2 ⓐ 3 ⓑ 4 ⓒ
5 ⓒ 6 ⓓ 7 ⓐ 8 ⓓ
9 ⓒ 10 ⓓ

韓文字母 IV

1 ⓒ 2 ⓑ 3 ⓐ 4 ⓑ
5 ⓐ 6 ⓓ 7 ⓒ 8 ⓓ
9 ⓑ 10 ⓑ

Lesson 1

▶ 文法

1 예요. 2 예요.
3 이에요. 4 한국
5 일본 사람이에요 6 저는 미국 사람이에요.
7 뭐 8 어느 나라

▶ 聽力

9 A 이름이 뭐예요?
B 제임스예요.
A 어느 나라 사람이에요?
B 영국 사람이에요.

10 A 이름이 뭐예요?
B 인호예요.
A 어느 나라 사람이에요?
B 한국 사람이에요.

11 A 이름이 뭐예요?
B 유웨이예요.
A 어느 나라 사람이에요?
B 중국 사람이에요.

9 ⓒ, ㉮ 10 ⓑ, ㉰
11 ⓐ, ㉯

▶ 閱讀

12 ⓓ

Lesson 2

▶ 文法

1 네, 아니요 2 아니요, 네
3 영어 4 한국어
5 ⓒ 6 ⓐ 7 ⓑ

▶ 聽力

8 A 제인 씨는 회사원이에요?
B 아니요.
A 그럼, 선생님이에요?
B 아니요.
A 그럼, 의사예요?
B 아니요.
A 그럼, 학생이에요?
B 네, 맞아요.

9 A 인호 씨는 학생이에요?
B 아니요.
A 그럼, 무슨 일 해요?
B 선생님이에요.
A 그럼, 한국어 선생님이에요?
B 아니요, 일본어 선생님이에요.

8 ⓑ　　9 ⓓ

▶ 閱讀

10 (1) ⓑ　　(2) ⓐ

Lesson 3

▶ 文法

1 이　2 가　3 이　4 가
5 마크　6 제인 씨예요
7 (1) 시계예요　(2) 유진 씨
8 (1) 이게　(2) 누구

▶ 聽力

9 ⓐ 시계예요.　ⓑ 의자예요.
ⓒ 책이에요.　ⓓ 책상이에요.

10 A 이게 뭐예요?
B ⓐ 마크 씨예요.　ⓑ 선생님이에요.
ⓒ 영어 책이에요.　ⓓ 미국 사람이에요.

9 ⓒ　　10 ⓒ

▶ 閱讀

11 (1) 누구예요?　(2) 무슨 일 해요?
12 (1) 뭐예요?　(2) 누구 거예요?

Lesson 4

▶ 文法

1 식당　2 병원　3 집에 있어요
4 약국에 있어요　5 어디에
6 어디에 있어요　7 위
8 왼쪽 / 옆　9 사이

▶ 聽力

10 ⓐ 제인 씨가 식당에 있어요.
ⓑ 제인 씨가 학교에 있어요.
ⓒ 제인 씨가 은행에 있어요.
ⓓ 제인 씨가 병원에 있어요.

11 A 책이 어디에 있어요?
B 책상 위에 있어요.
A 책상 위 어디에 있어요?
B 시계 옆에 있어요.

10 ⓒ　　11 ⓑ

▶ 閱讀

12 ⓒ

Lesson 5

▶ 文法

1 (1) 있어요.　(2) 없어요.
(3) 있어요.　(4) 없어요.
2 두　3 다섯 잔
4 (1) 있어요　(2) 몇 개
5 (1) 있어요　(2) 몇 명 있어요

▶ 聽力

Ex. 의자가 세 개 있어요.
6 가족이 네 명 있어요.
7 가방이 한 개 있어요.
8 표가 두 장 있어요.
9 책이 세 권 있어요.
10 가방 안에 안경하고 지갑하고 휴지가 있어요.
그런데 우산이 없어요.

6 4　7 1　8 2　9 3

10 ⓑ

▶ **閱讀**

11 (1) 2　(2) 0　(3) 3　(4) 0　(5) 1

Lesson 6

▶ **文法**

1 칠삼사에 오팔사이예요.

2 공일공에 이삼팔에 구이육칠이에요.

3 이　4 시계가 아니에요

5 는　6 은

▶ **聽力**

7 A 병원 전화번호가 몇 번이에요?
B 794-5269예요.

8 A 유진 씨 핸드폰 번호가 몇 번이에요?
B 010-453-8027이에요.

9 A 폴 씨, 혹시 제인 씨 집 전화번호 알아요?
B 아니요, 몰라요.
그런데 제인 씨 핸드폰 번호는 알아요.
A 핸드폰 번호가 몇 번이에요?
B 011-734-8205예요.

7 ⓐ　8 ⓒ　9 ⓓ

▶ **閱讀**

10 (1) ⓑ　(2) ⓒ

Lesson 7

▶ **文法**

1 팔 월 십사 일　2 시 월 삼 일

3 며칠이에요?　4 언제예요?

5 며칠이에요?　6 에

7 언제

▶ **聽力**

8-9 A 파티가 언제예요?
B 8월 13일이에요.
A 금요일이에요?
B 아니요, 토요일이에요.

8 ⓒ　9 ⓑ

▶ **閱讀**

10 ⓐ　11 ⓓ

Lesson 8

▶ **文法**

1 한 시 삼십 분이에요.

2 네 시 사십오 분이에요.

3 여섯 시 오십 분

4 세 시 이십 분에

5 부터, 까지

6 아홉 시부터 열두 시까지

▶ **聽力**

7 5시 30분이에요.

8 2시 25분이에요.

9 7시 45분이에요.

10 A 인호 씨, 몇 시에 회사에 가요?
B 10시에 가요.
A 그럼, 몇 시에 은행에 가요?
B 4시 20분에 가요.
A 그럼, 언제 집에 가요?
B 6시 반에 가요.

7 
8 
9 

10 (1) 은행　(2) 10:00　(3) 6:30

▶ **閱讀**

11 (1) 9:30　(2) 한국어 수업
(3) 2:00　(4) 3:30~5:00
(5) 집

Lesson 9

▶ 文法

1 30분　　2 1시간
3 2시간 40분
4 (1) 자동차로　(2) 45분
5 (1) 비행기로 가요　(2) 1시간 30분 걸려요
6 (1) 기차로 가요　(2) 3시간 걸려요

▶ 聽力

7 ⓐ 비행기로 가요.　ⓑ 자동차로 가요.
ⓒ 자전거로 가요.　ⓓ 버스로 가요.
8 ⓐ 배로 가요.　ⓑ 지하철로 가요.
ⓒ 기차로 가요.　ⓓ 걸어서 가요.
9 ⓐ 집에서 회사까지 30분 걸려요.
ⓑ 집에서 학교까지 30분 걸려요.
ⓒ 집에서 회사까지 40분 걸려요.
ⓓ 집에서 학교까지 40분 걸려요.

7 ⓑ　　8 ⓒ　　9 ⓓ

▶ 閱讀

1 ⓓ　　2 ⓒ

Lesson 10

▶ 文法

1 구천 오백 원　　2 십만 삼천 원
3 얼마　　4 얼마예요
5 (1) 얼마예요　(2) 한
6 (1) 얼마예요　(2) 두 개 주세요

▶ 聽力

7 A 커피가 얼마예요?
B 6, 700원이에요.
8 A 우산이 얼마예요?
B 38,500원이에요.
9 A 뭐 드시겠어요?
B 녹차 있어요?
A 죄송합니다, 손님. 녹차가 없어요.
B 그럼, 뭐 있어요?
A 커피하고 주스 있어요.
B 그럼, 커피 1잔 주세요. 얼마예요?
A 4,500원입니다.
B 돈 여기 있어요.

7 ⓓ　　8 ⓑ　　9 ⓒ

▶ 閱讀

10 ○　　11 ×　　12 ×　　13 ×

Lesson 11

▶ 文法

1 ⓑ　　2 ⓐ　　3 (1) 에　(2) 에서
4 (1) 에　(2) 에서　　5 (1) 에　(2) 에서
6 친구하고　　7 혼자

▶ 聽力

8 ⓐ 일해요.　ⓑ 식사해요.
ⓒ 얘기해요.　ⓓ 여행해요.
9 ⓐ 노래해요.　ⓑ 운동해요.
ⓒ 전화해요.　ⓓ 요리해요.
10 누구하고 식사해요?

8 ⓐ　　9 ⓒ　　10 ⓒ

▶ 閱讀

11 ×　　12 ×　　13 ○
14 ○　　15 ×

Lesson 12

▶ 文法

1 ⓐ　　2 ⓑ　　3 ⓑ　　4 ⓐ
5 (1) 공부해요, 운동해요, 시작해요
(2) 알아요, 앉아요, 봐요, 끝나요
(3) 입어요, 신어요, 줘요, 가르쳐요
6 을　　7 를　　8 을　　9 를

▶ **聽力**

10 운동해요. 그 다음에 샤워해요. 그 다음에 밥을 먹어요. 그 다음에 책을 읽어요.

10 (4), (1), (3), (2)

▶ **閱讀**

11 ⓑ → 식사를 해요 (식사해요)
ⓓ → 중국어
ⓖ → 광주

Lesson 13

▶ **文法**

1 ⓐ 2 ⓑ 3 ⓐ 4 ⓑ
5 안 바빠요 6 안 피곤해요
7 운동 안 해요 8 그래서
9 그런데 10 그리고

▶ **聽力**

11 제인이 일해요. 운동 안 해요. 인터넷해요.
친구를 안 만나요. 전화 안 해요. 공부해요.
책을 안 읽어요. 텔레비전을 봐요.

12 ⓐ 바빠요. ⓑ 길어요.
ⓒ 멀어요. ⓓ 추워요.

11 인터넷해요, 공부해요, 텔레비전을 봐요
12 ⓐ

▶ **閱讀**

13 ⓒ 14 ⓐ 15 ⓑ

Lesson 14

▶ **文法**

1 (1) 읽었어요 (2) 재미있었어요
2 (1) 이었어요 (2) 했어요
3 왔어요 4 7시간
5 일주일 6 2년 동안
7 산이 8 축구가

▶ **聽力**

9 A 어제 제인 씨를 만났어요?
B ⓐ 제인 씨가 어때요?
ⓑ 아니요, 안 만났어요.
ⓒ 네, 제인 씨가 아파요.
ⓓ 제인 씨가 캐나다 사람이에요.

10 A 냉면하고 비빔밥 중에서 뭐가 더 좋아요?
B ⓐ 냉면이 비싸요.
ⓑ 식당에 가요.
ⓒ 비빔밥을 안 좋아해요.
ⓓ 비빔밥이 더 맛있어요.

9 ⓑ 10 ⓓ

▶ **閱讀**

11 ⓓ 12 ⓑ

Lesson 15

▶ **文法**

1 만날 거예요 2 읽을 거예요
3 볼 거예요
4 (1) 마실 거예요, 배울 거예요
(2) 먹을 거예요, 읽을 거예요, 받을 거예요
(3) 살 거예요, 만들 거예요, 들을 거예요
5 같이 못 봐요 6 같이 못 마셔요

▶ **聽力**

7 내일 어디에 갈 거예요?
8 왜 같이 여행 못 가요?

7 ⓐ 8 ⓒ

▶ **閱讀**

9 ⓒ 10 ⓑ

Lesson 16

▶ 文法

1 있어요. 2 있어요. 3 없어요.

4 ⓑ 5 ⓐ 6 ⓑ 7 ⓑ

8 먹을게요.

9 같이 영화 볼 수 없어요.

▶ 聽力

10 ⓐ 일본 친구가 없어요.
ⓑ 일본어를 가르쳐요.
ⓒ 일본 사람이 아니에요.
ⓓ 일본어 얘기가 어려워요.

11 ⓐ 자동차가 있어요.
ⓑ 운전할 수 있어요.
ⓒ 자동차가 필요해요.
ⓓ 운전을 배울 거예요.

10 ⓑ 11 ⓓ

▶ 閱讀

9 ⓑ

Lesson 17

▶ 文法

1 ⓓ 얘기해 주세요 2 ⓑ 빌려 주세요

3 ⓐ 기다려 주세요 4 태권도요

5 시험이요 6 못

7 못 8 못 들었어요

9 못 봤어요

▶ 聽力

10 ⓐ 다시 들어 주세요.
ⓑ 빨리 말해 주세요.
ⓒ 천천히 말해 주세요.
ⓓ 천천히 들어 주세요.

11 ⓐ 테니스를 배워 주세요.
ⓑ 테니스를 가르쳐 주세요.
ⓒ 테니스를 연습해 주세요.
ⓓ 테니스 라켓을 빌려 주세요.

12 ⓐ 전화를 받으세요.
ⓑ 전화를 사 주세요.
ⓒ 조금 전에 전화해 주세요.
ⓓ 조금 후에 전화해 주세요.

10 ⓒ 11 ⓑ 12 ⓓ

▶ 閱讀

13 (ⓑ) → (ⓐ) → (ⓓ) → (ⓒ)

Lesson 18

▶ 文法

1 쉬고 2 먹고 3 얘기하고 싶어요

4 (1) 먹어 봤어요 (2) 먹어 보세요

5 (1) 입어 봤어요 (2) 입어 보세요

▶ 聽力

6 김치가 맵지 않아요?

7 한국어 공부가 어렵지 않아요?

6 ⓑ 7 ⓓ

▶ 閱讀

8 ⓓ 9 ⓑ

Lesson 19

▶ 文法

1 (1) 걸으 (2) 먹으세요 / 드세요

2 (1) 마시 (2) 피우지 마세요

3 (1) 먹어요 (2) 마셔요
(3) 봐요 (4) 먹습니다
(5) 마십니다 (6) 봅니다

4 그 다음은 5 제인 씨는

▶ **聽力**

6-7 A 아저씨, 명동에 가 주세요.
B 명동 어디요?
A 저기 신호등에서 오른쪽으로 가세요.
B 그 다음은요?
A 병원에서 왼쪽으로 가세요.
그리고 은행 앞에서 세워 주세요.
B 네, 알겠습니다.
A 얼마예요?
B 7,400원입니다.
A 여기 있어요. 수고하세요.
B 감사합니다. 안녕히 가세요.

6 ⓒ 7 ⓑ

▶ **閱讀**

8 ⓒ 9 ⓐ

Lesson 20

▶ **文法**

1 (1) 해요 (2) 기다려요
(3) 자요 (4) 있어요
(5) 하세요 (6) 기다리세요
(7) 주무세요 (8) 계세요
2 (1) 이름 (2) 성함
3 (1) 나이 (2) 연세
4 어려우세요
5 좋아하세요
6 재미있으세요

▶ **聽力**

7-8 A 신촌 식당입니다.
B 저, 예약돼요?
A 네, 됩니다. 언제 오실 거예요?
B 오늘 저녁 7시에 갈 거예요.
A 몇 명 오실 거예요?
B 3명이요.
A 성함이 어떻게 되세요?
B 제인 브라운입니다.
A 연락처가 어떻게 되세요?
B 010-370-9254입니다.
A 예약됐습니다. 6시 50분까지 오세요.
B 네, 알겠어요.

7 ⓑ 8 ⓓ

▶ **閱讀**

9 ⓓ

關鍵句型速記

※這個附錄單元是全書的重點句型總複習，讓你快速瀏覽&查詢！更詳細的文法解說，請參閱每一主題句型右下方的頁數指引。

1 你叫什麼名字？
이름이 뭐예요?

名字 職業 標題	是什麼？
興趣	是什麼？

이름 직업 제목	이 뭐예요?
취미	가 뭐예요?

★這是什麼東西？

★이게 뭐예요?

＊我的第一本韓語學習書 P.64

2 這是什麼書？
이게 무슨 책이에요?

이게 무슨 책이에요?
這是什麼書？

這是什麼	書？ 酒？
這是什麼	電影？ 咖啡？

이게 무슨	책 술	이에요?
이게 무슨	영화 커피	예요?

★這是什麼意思？

★이게 무슨 뜻이에요?

＊我的第一本韓語學習書 P.84

3 那位是誰？
저분이 누구예요?

那位 這位 主人	是誰？	저분 이분 주인	이 누구예요?
馬克 朋友	是誰？	마크 씨 친구	가 뭐예요?

＊我的第一本韓語學習書 P.85

4 洗手間在哪裡？
화장실이 어디에 있어요?

洗手間 地鐵站 便利商店	在哪裡？	화장실 지하철역 편의점	이 어디에 있어요?
自動販賣機 售票口	在哪裡？	자판기 매표소	가 어디에 있어요?

＊我的第一本韓語學習書 P.94

5 這附近有**地鐵站**嗎？
이 근처에 **지하철역** 있어요?

這附近有	地鐵站 / 藥局 / 停車場 / 旅行社 / 公共電話	嗎？

이 근처에	지하철역 / 약국주 / 주차장 / 여행사 / 공중전화	있어요?

＊我的第一本韓語學習書 P.96

6 家裡有**多少人**？
가족이 모두 몇 명이에요?

가족이 모두 몇 명이에요?
家裡有多少人？

家人 / 學生 / 客人	一共有幾位？
同事 / 朋友	一共有幾名？

가족 / 학생 / 손님	이 모두 몇 명이에요?
동료 / 친구	가 모두 몇 명이에요?

＊我的第一本韓語學習書 P.105

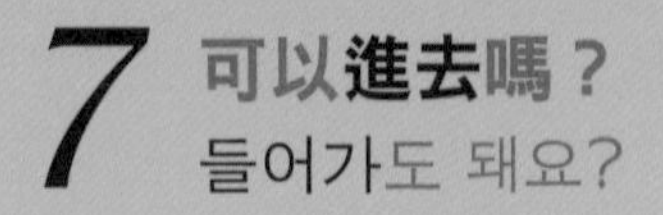

7 可以進去嗎？ 들어가도 돼요?

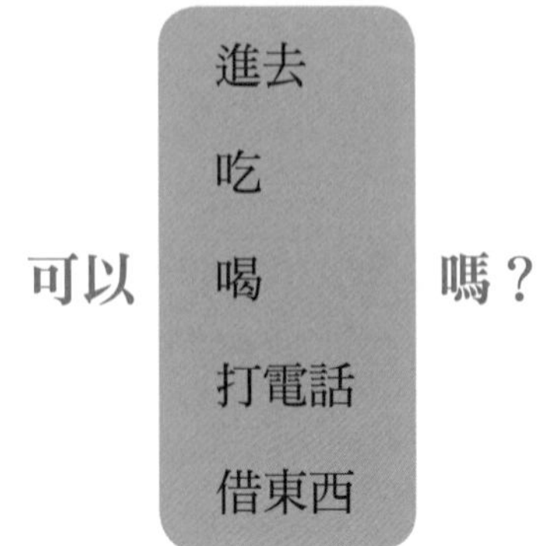

可以	進去	嗎？	들어가다	들어가도	돼요?
	吃		먹다	먹어도	
	喝		마시다	마셔도	
	打電話		전화하다	전화해도	
	借東西		빌리다	빌려도	

＊我的第一本韓語學習書 P.109

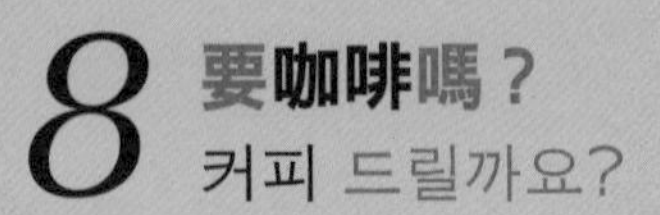

8 要咖啡嗎？ 커피 드릴까요?

커피 드릴까요?
要咖啡嗎？

要	咖啡	嗎？	커피	드릴까요?
	水		물	
	綠茶		녹차	
	喝的東西		마실 거	
	吃的東西		먹을 거	

＊我的第一本韓語學習書 P.109

9 你知道保羅的電話號碼嗎？
혹시 폴 씨 전화번호 알아요?

혹시 폴 씨 전화번호 알아요?
你知道保羅的電話號碼嗎？

你知道	保羅的電話號碼	嗎？
	保羅的家	
	保羅的公司	
	保羅的聯絡方式	
	保羅的電子信箱	

혹시	폴 씨 전화번호	알아요?
	폴 씨 집	
	폴 씨 회사	
	폴 씨 연락처	
	폴 씨 이메일	

*我的第一本韓語學習書 P.116

10 電話號碼是幾號？
전화번호가 몇 번이에요?

전화번호가 몇 번이에요?
電話號碼是幾號？

電話號碼	是幾號？
護照號碼	
銀行帳號	
公車	
座位	是幾號？

전화번호	가 몇 번이에요?
여권번호	
계좌번호	
버스	
좌석	이 몇 번이에요?

*我的第一本韓語學習書 P.117

11 生日是什麼時候？ 생일이 언제예요?

生日 春節 中秋節	是什麼時候？

생일 설날 추석	이 언제예요?

休假 聚會	是什麼時候？

휴가 파티	가 언제예요?

*我的第一本韓語學習書 P.124

12 週末有時間嗎？ 주말에 시간 있어요?

주말에 시간 있어요?
週末有時間嗎？

週末有	時間 約定 會議 聚會 約會	嗎？

주말에	시간 약속 회의 모임 데이트	있어요?

*我的第一本韓語學習書 P.125

13 一起吃飯吧。
같이 식사해요.

一起	吃飯	吧。
	看電影	
	見面	
	運動	
	去旅行	

같이	식사해요.
	영화 봐요.
	만나요.
	운동해요.
	여행 가요.

*我的第一本韓語學習書 P.175

14 祝你生日快樂。
생일 축하합니다.

생일 축하합니다.
祝你生日快樂。

祝你	生日	快樂。
	結婚	
恭喜你	升遷。	
	畢業。	
	考試合格。	

생일	축하합니다.
결혼	
승진	
졸업	
합격	

*我的第一本韓語學習書 P.127

15 現在是幾點？ 지금이 몇 시예요?

現在 / 約會 / 上課	是幾點？
會議 / 電影	是幾點？

지금 / 약속 / 수업	이 몇 시예요?
회의 / 영화	가 몇 시예요?

＊我的第一本韓語學習書 P.134

16 幾點去公司？ 몇시에 회사에 가요?

몇시에 회사에 가요?
幾點去公司？

幾點去	公司？ / 學校？ / 家？ / 機場？ / 旅行社？

몇 시에	회사 / 학교 / 집 / 공항 / 여행사	에 가요?

＊我的第一本韓語學習書 P.136

17 現在要去哪？
지금 어디에 가요?

現在			지금	
早上			아침에	
下午	要去哪？		오후에	어디에 가요?
晚上			저녁에	
週末			주말에	

＊我的第一本韓語學習書 P.137

18 花費三十分鐘。
삼십 분쯤 걸려요.

	三十分鐘。		삼십 분	
	一個小時。		한 시간	
花費	三天。		삼 일	걸려요.
	一個月。		한 달	
	兩年。		이 년	

＊我的第一本韓語學習書 P.146

19 咖啡多少錢？
커피가 얼마예요?

咖啡 計程車費 房租	多少錢？	커피 택시비 월세	가 얼마예요?
書	多少錢？	책	이 얼마예요?

★這個多少錢？

★이게 얼마예요?

＊我的第一本韓語學習書 P.154

20 請給我水。
물 주세요.

물 주세요.
請給我水。

請給我	水。 發票。 帳單。	물 영수증 계산서	주세요.
請給我	一杯咖啡。 兩張票。	커피 한 잔 표 두 장	주세요.

＊我的第一本韓語學習書 P.159

21 在哪裡工作？
어디에서 일해요?

在哪裡	工作？
	生活？
	吃飯？
	學習？
	和朋友見面？

어디에서	일해요?
	살아요?
	식사해요?
	공부해요?
	친구를 만나요?

＊我的第一本韓語學習書 P.164

22 一天打一次電話。
하루에 한 번 전화해요.

하루에 한 번 전화해요.
一天打一次電話。

一天	一次	打電話。
一週		購物。
一週		運動。
一個月		看電影。
一年		去旅行。

하루	에 한 번	전화해요.
일주일		쇼핑해요.
일주일		운동해요.
한 달		영화를 봐요.
일 년		여행 가요.

＊我的第一本韓語學習書 P.165

23 和朋友一起吃飯。 친구하고 식사해요.

和	朋友 同事 家人 男朋友 女朋友	一起吃飯。

친구 동료 가족 남자 친구 여자 친구	하고 식사해요.

*我的第一本韓語學習書 P.165

24 我喜歡韓國菜。 한국 음식을 좋아해요.

한국 음식을 좋아해요.
我喜歡韓國菜。

我喜歡	韓國菜。 韓國的書。	
我喜歡	韓國電影。 韓國文化。 韓國天氣。	

한국 음식 한국 책	을 좋아해요.
한국 영화 한국 문화 한국 날씨	를 좋아해요.

*我的第一本韓語學習書 P.174

25 明天怎麼樣？
내일은 어때요?

明天 / 今天 / 週末	怎麼樣？	내일 / 오늘 / 주말	은 어때요?
咖啡 / 電影	怎麼樣？	커피 / 영화	는 어때요?

*我的第一本韓語學習書 P.175

26 請給我看一下衣服。
옷 좀 보여 주세요.

請給我看一下	衣服。 帽子。 皮鞋。 護照。 照片。	옷 모자 구두 여권 사진	좀 보여 주세요.

*我的第一本韓語學習書 P.179

27 沒有其他顏色嗎？
다른 색은 없어요?

다른 색은 없어요?
沒有其他顏色嗎？

沒有其他	顏色 款式 樣式	嗎？		다른	색 스타일 디자인	은 없어요?
沒有其他	尺寸	嗎？		다른	사이즈	는 없어요?

★沒有其他的嗎？

★다른 건 없어요?

＊我的第一本韓語學習書 P.179

28 喉嚨痛。
목이 아파요.

목이 아파요.
喉嚨痛。

喉嚨 眼睛	痛。		목 눈	이 아파요.
頭 肚子 肩膀	痛。		머리 배 어깨	가 아파요.

＊我的第一本韓語學習書 P.185

29 書太貴了。
책이 너무 비싸요.

書 食物 考試	太	貴 辣 難	了。
天氣 電影	太	冷 有意思	了。

책 음식 시험	이 너무	비싸요. 매워요. 어려워요.
날씨 영화	가 너무	추워요. 재미있어요.

＊我的第一本韓語學習書 P.186

30 拌飯最好吃了。
비빔밥이 제일 맛있어요.

비빔밥이 제일 맛있어요.
拌飯最好吃了。

拌飯 這本辭典	最	好吃 貴	了。
這部電影 聽力	最	有意思 難	了。

비빔밥 이 사전	이 제일	맛있어요. 비싸요.
이 영화 듣기	가 제일	재미있어요. 어려워요.

★韓國烤肉最好吃了。

★불고기가 제일 좋아요.

＊我的第一本韓語學習書 P.195

31 地鐵比公車更方便。
지하철이 버스보다 더 편리해요.

지하철이 버스보다 더 편리
地鐵比公車更方便。

地鐵 / 紅色 / 首爾	比	公車 / 藍色 / 釜山	更	方便。 / 好。 / 冷。
咖啡 / 電影	比	綠茶 / 戲劇	更	好喝。 / 有趣。

지하철 / 빨간색 / 서울	이	버스 / 파란색 / 부산	보다 더	편리해요. / 좋아요. / 추워요.
커피 / 영화	가	녹차 / 연극	보다 더	맛있어요. / 재미있어요.

＊我的第一本韓語學習書 P.195

32 旅行怎麼樣？
여행 어땠어요?

旅行 / 出差 / 考試 / 聚會 / 發言	怎麼樣？

여행 / 출장 / 시험 / 파티 / 발표	어땠어요?

＊我的第一本韓語學習書 P.196

33 能說英語嗎？
영어를 할 수 있어요?

能	說英語 教我韓語 幫助我 換這個	嗎？
能	自己找到路	嗎？

하다	영어를 할	수 있어요?
가르쳐 주다	한국어를 가르쳐 줄	
도와주다	도와줄	
바꾸다	이거 바꿀	
찾다	혼자 길을 찾을	수 있어요?

*我的第一本韓語學習書 P.214

34 去看電影。
영화 보러 가요.

영화 보러 가요.
去看電影。

去	看電影。 吃飯。 喝咖啡。	
去	吃午飯。 提款。	

보다	영화 보러	가요.
식사하다	식사하러	
마시다	커피 마시러	
먹다	점심 먹으러	가요.
찾다	돈을 찾으러	

*我的第一本韓語學習書 P.215

35 請說慢一點。
천천히 말해 주세요.

천천히 말해 주세요.
請說慢一點。

請	說慢一點。	말하다	천천히 말해	주세요
	等一下。	기다리다	잠깐 기다려	
	再說一遍。	얘기하다	다시 한 번 얘기해	
	仔細說明。	설명하다	자세히 설명해	
	告訴我怎麼走。	가르치다	길을 가르쳐	

＊我的第一本韓語學習書 P.224

36 不難嗎？
어렵지 않아요?

어렵지 않아요?
不難嗎？

不	難	嗎？	어렵다	어렵지	않아요?
	遠		멀다	멀지	
	貴		비싸다	비싸지	

不	累	嗎？	피곤하다	피곤하지	않아요?
	餓		배고프다	배고프지	

＊我的第一本韓語學習書 P.236

37 曾經去過濟州島嗎？
제주도에 가 봤어요?

曾經

去過濟州島
做過韓國菜
獨自去旅行過
去過KTV
搭過KTX（特快列車）

嗎？

가다	제주도에 가
만들다	한국 음식을 만들어
여행하다	혼자 여행해
가다	노래방에 가
타다	KTX 타

봤어요?

*我的第一本韓語學習書 P.235

38 可以預約嗎？
예약돼요?

예약돼요?
可以預約嗎？

可以

預約
刷卡
換錢
退換

嗎？

예약
카드
환전
교환

돼요?

★可以修理嗎？

★수리돼요?

*我的第一本韓語學習書 P.256

詞彙表

[ㄷ]

[ㄸ]

[ㄹ]

[ㅁ]

[**ㅈ**]

[ㅉ]

[ㅊ]

[ㅋ]

[ㅌ]

[ㅍ]

[ㅎ]

國家圖書館出版品預行編目資料

我的第一本韓語課本／吳承恩著. --初版.--
【臺北縣中和市】： 國際學村,2010.07
面； 公分
含索引
ISBN 978-986-6829-72-7 （平裝）

1. 韓語 2. 讀本

803.28 99009480

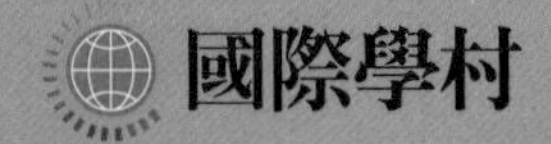

我的第一本韓語課本

作者 WRITER	吳承恩
譯者 TRANSLATOR	夏曉敏
出版者 PUBLISHING COMPANY	台灣廣廈出版集團 TAIWAN MANSION BOOKS GROUP 國際學村出版
發行人／社長 PUBLISHER／DIRECTOR	江媛珍 JASMINE CHIANG
地址 ADDRESS	235新北市中和區中山路二段359巷7號2樓 2F, NO. 7, LANE 359, SEC. 2, CHUNG-SHAN RD., CHUNG-HO DIST., NEW TAIPEI CITY, TAIWAN, R.O.C.
電話 TELEPHONE NO	886-2-2225-5777
傳真 FAX NO	886-2-2225-8052
電子信箱 E-MAIL	TaiwanMansion@booknews.com.tw
網址WEB	http://www.booknews.com.tw
總編輯 EDITOR-IN-CHIEF	伍峻宏 CHUN WU
執行編輯 EDITOR	周宜珊 JOELLE CHOU
韓文編輯 KOREAN EDITOR	鄭瑾又 UU CHENG
美術編輯 ART EDITOR	許芳莉 POLLY HSU
製版／印刷／裝訂	菩薩蠻／皇甫／明和
法律顧問	第一國際法律事務所　余淑杏律師
代理印務及圖書總經銷	知遠文化事業有限公司
地址	222新北市深坑區北深路三段155巷25號5樓
訂書電話	886-2-2664-8800
訂書傳真	886-2-2664-8801
港澳地區經銷	和平圖書有限公司
地址	香港柴灣嘉業街12號百樂門大廈17樓
電話	852-2804-6687
傳真	852-2804-6409
出版日期	2018年8月26刷
郵撥帳號	18788328
郵撥戶名	台灣廣廈有聲圖書有限公司 （購書300元以內需外加30元郵資，滿300元（含）以上免郵資）